留学报国 筑梦青春

白岩◎主编

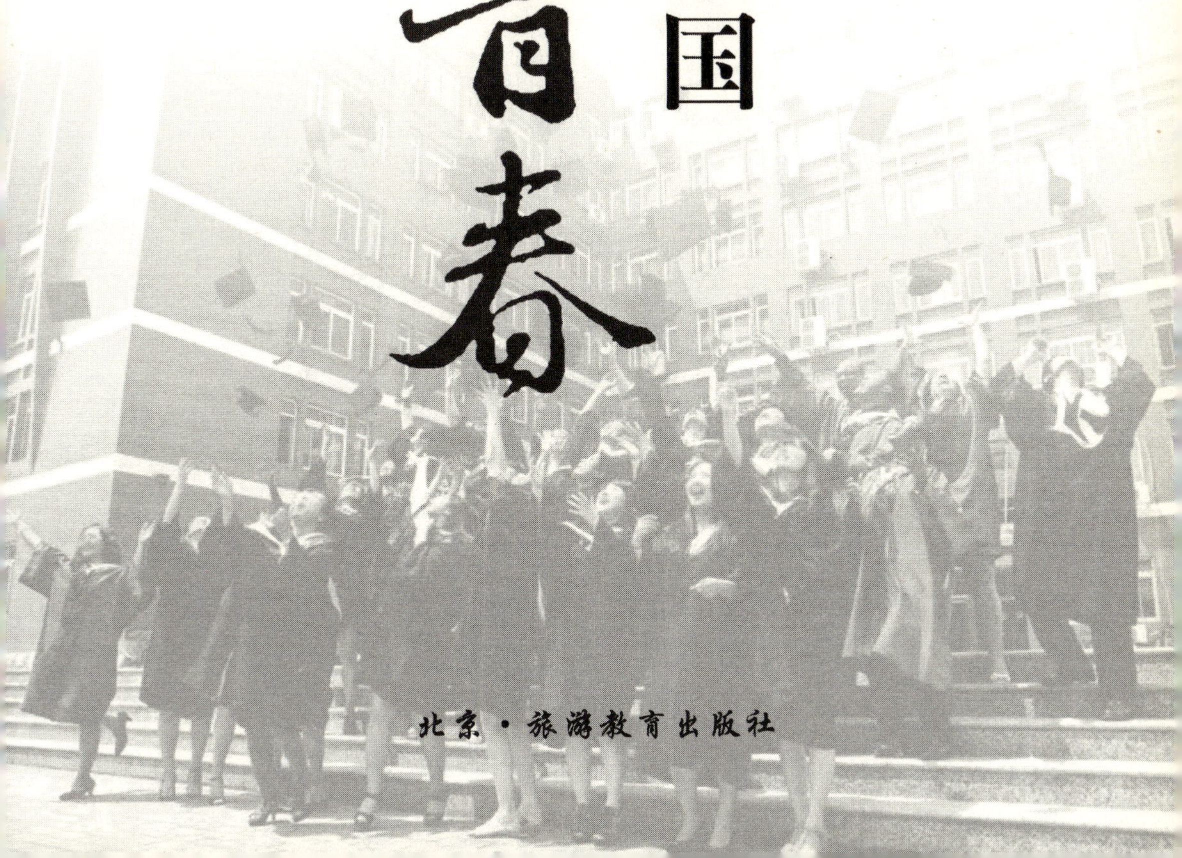

北京·旅游教育出版社

图书在版编目（CIP）数据

留学报国　筑梦青春 / 白岩主编. -- 北京 : 旅游教育出版社，2021.11

ISBN 978-7-5637-4323-0

Ⅰ. ①留… Ⅱ. ①白… Ⅲ. ①随笔—作品集—中国—当代 Ⅳ. ①I267.1

中国版本图书馆CIP数据核字(2021)第219898号

留学报国　筑梦青春

白　岩　主编

责任编辑	何　玲
出版单位	旅游教育出版社
地　　址	北京市朝阳区定福庄南里 1 号
邮　　编	100024
发行电话	（010）65778403　65728372　65767462（传真）
本社网址	www.tepcb.com
E - mail	tepfx@163.com
排版单位	北京旅教文化传播有限公司
印刷单位	唐山玺诚印务有限公司
经销单位	新华书店
开　　本	710毫米 × 1000毫米　1/16
印　　张	8.5
字　　数	105 千字
版　　次	2021 年 11 月第 1 版
印　　次	2021 年 11 月第 1 次印刷
定　　价	36.00 元

（图书如有装订差错请与发行部联系）

编委会

前　言

近年来，北京第二外国语学院大力推进国际交流合作全方位发展，与全球 40 多个国家和地区的 170 余所高校和教育机构建立了全方位、多层次、实质性的交流与合作。每年在校生赴海外学习者达 600 余名。学校坚持以服务国家战略和首都需求为导向，以培养“多语种复语、跨专业复合”的具有家国情怀、国际视野的国际化复合型人才为根本任务，全面深化国际化办学内涵建设。

日趋深入的国际交流与合作对传统的高校思想政治教育工作提出了新的要求和挑战，如何在复杂的世界环境下培养学生，努力提高海外留学生思想政治教育工作的针对性和实效性，成为当前高校思想政治教育工作者面临的重要课题。

本书是北京第二外国语学院“翔宇向心力”辅导员工作室建设成果之一。工作室以引导当代大学生践行社会主义核心价值观为根本目标，通过探索、总结、整合和创新，提升思政教育实效，使学生坚定“四个自信”，利用国际交流的机会更好地传播中国文化，实现教育成果转化。

自信阳光、善于学习、敢于表达，在同学们踊跃投稿的征文中，我们看到越来越多“90 后”“00 后”体现出这样的新时代青年特点。中国年轻一代讲述中国的方式吸引着越来越多的海内外受众更全面地认识中国、理解中国。作为高校教育工作者，这种直观的感受是深刻的，亦让人欣喜并骄傲。

在各学院辅导员的共同努力下，我们将近年来出国学生在海外学习、生活中的切身经历、真实感想结集成册，以期集中展现当代青年学子的拳拳赤子心和坚定报国志，也希望能将北京第二外国语学院的教育特色不断传承下去。

编 者

2021 年 6 月

目　录

墨西哥留学记：在外求学使我心中生出新闻理想

欧洲学院　田睿

我是幸运的，大学三年级的时候，我获得了国家留学基金委中国与墨西哥政府互换奖学金项目的名额，到墨西哥金塔纳罗奥大学人文系学习交流 9 个月。现在看来，这份“小幸运”不仅是一趟跨越太平洋的旅行，更是我 21 岁的生命中受到的最好的爱国教育，因为正是这段经历，我回国后坚定地选择加入中国共产党，新闻理想也在我心中生根发芽。

“从国外留学的学生回国之后会更加爱国。”这是大一思政课上，董老师曾经跟我们说过的一句话。之所以到现在还记忆犹新，是因为当时听到这句话时，我满腹疑惑，我心想：“我倒要亲自去国外看看老师说的到底是不是真的。”彼时，出国留学的梦想便在我心中萌生。

2017 年 8 月 12 日，是我 21 岁的生日，也是我有生以来过得最长的一个生日。这天，我坐上了飞往墨西哥的航班。十几个小时的漫长飞行过后，飞机才抵达目的地。下飞机时，墨西哥 12 日的太阳才刚刚升起。虽然这只是一个巧合，但似乎也昭示着我在墨西哥 9 个月的留学生活是一场妙不可言的奇遇。

金塔纳罗奥大学位于墨西哥加勒比海沿岸的金塔纳罗奥州的首府——切图马尔。这是一所出了校门步行不到 1 分钟就能看到海的大学。关于这座城市我印象最深的就是海边大道上的一块牌子，上面写着：Chetumal，Aquí inicia México（切图马尔，墨西哥始于此）。我对墨西哥，甚至对拉美的了解也始于这个地方。在这个城市，我第一次用西班牙语租房子，第一次喝到了鲜椰子汁，第一次见到打火机一样大的蟑螂……

若是聊起我在留学期间的思想进步，就不得不提到胡安·马努埃尔教授。

他是人文系教历史的一名老教师，穿着总是很朴素，印象里他几乎每堂课都是穿着 Polo 衫、长裤和凉鞋，脖子上挎着鼓鼓囊囊的电脑包。若是在马路上见到这种形象的人，谁也不会想到他是博览群书的老教授，但是当他走在校园里，同学们都会尊敬地向他问好。每年都会有中国留学生慕名去选修他的历史课，我也是其中之一。为了能更好地在课上和中国学生互动，他学了很多中国历史知识，包括中国革命史、中共党史等。

虽然马努埃尔教授主要教授的课程是墨西哥史学研究，但只要有机会把墨西哥历史和中国历史进行对比，他都会邀请中国学生说上几句。在他的课上经常可以看到这样一个有趣的场景：一群墨西哥同学饶有兴趣地听着几个西班牙语说得不是很流利的中国人介绍中国从古至今的方方面面。中国学生在他的课堂上收获的不仅是历史知识，更是悄然生长的使命感，因为我们心里都清楚，在那间教室里，有很多墨西哥朋友渴望听到中国的故事。

2017 年 10 月 18 日，刚好有一节马努埃尔教授的历史课。课上他问同学们："今天中国发生了一件大事，有谁知道吗？"中国学生连连摇头说："不知道。"他接着解释道："今天是中国十九大召开的日子。请中国学生准备下节课给我们讲讲中国的政治思想。"我准备了题目为《丝绸之路贯通古今——中国经济的和平发展策略》的演讲。演讲结束后，我还解答了同学们对"一带一路"倡议的各种疑问。那天，我才真的认识到，原来在太平洋对岸的墨西哥，有这么多渴望了解中国的年轻人，我内心里充盈着一种身为中国人的自豪感。

随着在墨西哥的时间越来越久，我的墨西哥朋友也越来越多。有一天，三个国际关系学院的朋友说，他们做了关于中国武器出口情况的研究，觉得中国太了不起了。"孤陋寡闻"的我当时内心一惊："中国？武器出口？没搞错吧？"后来我通过查找资料才知道，原来中国的武器已经出口到世界的很多地方，包括秘鲁、厄瓜多尔在内的拉美国家。

无论是历史课演讲还是和朋友闲谈，我都慢慢意识到，正在崛起的中国在世界上得到的关注与日俱增，甚至墨西哥朋友对中国的关注，比我这个土生土长的中国人还要高，我顿觉羞愧难当。聚焦西语国家关心的点，向西语世界发出我们的声音不正是我们这些西语专业的同学应该做的吗？我的心里忽然出现了一股莫名的劲头，想要为国家做些什么，却又不知从何开始。时间久了，我就把这股劲藏在了心里的一个小小角落，继续过着卧室、教室、图书馆三点一线的生活……

我在墨西哥的学习生活似乎很快就走到了尾声，很多地方还没去过，很多好吃的还没品尝过。带着各种不舍，我决定离开墨西哥前去各位住当地的朋友家最后再坐一坐，聊着理想，说着道别。我在好友巴勃罗家吃着告别餐的时候，他说："其实在墨西哥做记者有时候挺危险的，但我很佩服他们，因为他们在捍卫真理，如果可以，我想成为他们中的一员……""记者？"之前我心中那股模糊的力量忽然得到了无比清晰的答案：我应该加入中国共产党，学习党的理论知识，投身到党的舆论宣传工作中去，新闻理想刹那间在心中破土而出。

现在，我回国已经有好几个月了，但想起在墨西哥的日子就仿佛是我做的一个很久但又很真实的梦。这短短9个月在外留学的日子里我思想转变之大，我现在回忆起来还是感到十分意外，但我相信，这些我在思想上走过的曲折都会像夜空中的繁星，微弱却永恒地闪光，给我持久而安心的力量。

"从国外留学的学生回国之后会更加爱国。"我又记起老师在思政课上说过的话，而此刻的我，已经不会对这句话感到疑惑，因为我正带着我在墨西哥的记忆，向着我的新闻理想，大踏步前进。

作者简介

田睿，北京第二外国语学院欧洲学院西葡语系西班牙语专业2015级本科生，2017年8月至2018年6月在墨西哥金塔纳罗奥大学学习。

（指导教师：董斌）

守望伟大梦想，守护初心故土

欧洲学院　张晔

回国已有很长一段时间了，再回想在法国度过的那段日子，竟像梦般遥远。过去的日子，不敢说有什么心得体会，只能尽力记下那些留在记忆中的真挚感悟。踏上一段旅程之前，总会告诫自己：把你当成一块白板，然后在新航路的开辟途中永不退缩吧。现在看来，这一年实践得并不算好，可纵有遗憾，收获的东西却真的不少。

赴法国交流学习之前，记得老师曾经对我们说过：无论你们走多远，最喜欢吃的永远还是故乡的食物，最留恋的永远都会是祖国的热土。曾经的我隐约感受得到这句话的深意，在看过更多之后，我对于这句话有了更为实在的体验和感受。外面的世界纵然充满缤纷的新奇，时常在心头浮现的竟还是老师说这句话时的神情。

大三一年，我在法国亚眠的毕卡迪·儒勒·凡尔纳大学文学院度过。亚眠，法国北部安静的小城。鸽子安静地走在街上，停在索姆河岸，落在大教堂的拱顶。雨安静地下。人们安静地生活。于是便悄悄地学会过一种自由而安详的日子：下了课路过超市，拎一袋苹果几个牛角面包，包里背着书和胡萝卜，在夕阳西下的异国他乡，如何给自己煲一碗热气腾腾的粥；在拥挤的阶梯教室里，如何跟上老师的语速和思路；在深秋的雨夜，如何处理自己的孤独。我想，这种孤独是每一个在外留学的人都会体验到的吧。

坐在桌前，我看见人道主义的光芒闪耀在法国文学的字里行间，我深切感受到人类对于自由、平等、博爱这些美丽词语的追求；走在路上，我悄悄淋过一场巴黎的夜雨，我在罗丹的雕塑前驻足惊叹。当我坐在尼斯天使湾的长椅上平生第一次看到海上的满月，看到海面上温柔的月光，看到一架又一架飞机自海边起飞，我记起自己曾经幻想过这样的场景，可心情却不似幻想中的那样平静安详。在近处，明月和大海、文字中诉说的故事、博物馆里珍藏的时光，这些都使我意识到人类的渺小，让我体会到“今月曾经照古人”的悲哀。在远处，我开始重新观察自己曾生活的世界、重新理解自己的家乡。这种对比给我带来实实在在的冲击，我在怀疑和痛苦中陷入孤独。

我试图寻找这种孤独的根源。谁曾想，这种寻找常常是以思念终结。在国外的日子里，我常常会对比中西文化、生活上的差异。在大部分欧洲国家，很多商店下午四五点就会关门，公交车班次很少，晚上基本只有酒吧和中餐厅在营业，虽然很悠闲，但是也带来了许多不便，远没有在中国的生活方便、有趣。我想念祖国，我想念那干净宽敞的街道，想念深夜独行时依然可以拥有的安全感，想念勤劳质朴的人们，想念随时可以喝到的热汤、订到的鲜花，想念生病时及时迅速缓解病痛的医生，想念数小时就能穿越几千千米的高铁速度，想念那唐代的屋檐、明清的词句。我强烈地认识到：祖国的传统文化对我自身的塑造影响很大，党的谆谆教诲埋下了我值得用一生去发掘的深邃本源。

该如何处理孤独？在思考这个问题的同时，我每天都在努力吸收各类知识、增强专业能力，对于自己“应以怎样的姿态活着”的问题，也有了更为清晰、丰富的答案。要如何认识这个世界，要如何走下去，如何让心中的漂泊感得以安放，这些重要的问题，在脱离自小生活的熟悉环境投身于另一种文化时，或许更容易寻得新的感悟。记得某个春末的夜晚，认认真真看了一场弗拉明戈表演。结束时已是深夜。穿过热闹的街巷，深陷在那热烈、悲怆的曲调与舞步中，我想起美丽动人的中国舞，想起都塔尔和马头琴的声音，想起中国共产党百年征程中那些热烈壮丽的生命舞步。当我想到这些的时候，我感到心中的孤独正在被一点点融化和驱散！我为异国的舞蹈感动、为异国的文明感动，我更迫切地想把心中的炙热澎湃向全世界宣告：我的祖国在用实实在在的努力书写自由、民主、文明、和谐的深沉曲调，我想成为中华文化的传播者和中国梦的追梦者，让世界人民了解中国，被中国灿烂的文明所折服。

如果可以回到过去，我会对出发前的自己强调以下几点：一是要勤思考，多观察，用理智和真情感悟中国共产党领导的优越性、中国制度的优越性；二是要继续勇敢，保持好奇，利用祖国提供给我们的出国学习的机会，多接触些新事物，认真踏实地提升自身综合素质；三是要自信，少纠结，异彩纷呈的世界有许多事物等待着我们的热泪盈眶，作为中国的名片，我们要更开朗地表达；四是不仅要好好学外语，更要好好学汉语，外语和母语都是我们成为中华文化传播者的钥匙，是我们用实际行动讲述中国故事的桥梁，是值得悉心研读的经籍。

从笑不露齿到如今可以经常听到自己爽朗的笑声，从莫名的紧张、胆怯到如今可以自信地昂首阔步，这其中异国学习、生活带给我的改变，所经历的有多纠结多漫长，大概只有见证着一切的天空知道了。我怀念自己曾在国外度过的岁月，也更懂得了珍惜国内的生活。回到祖国的怀抱，感受着祖国突飞猛进的发展，我常常在想：该如何拥有一颗纯粹、炽热和成熟的心呢？该如何报效祖国、成为中华民族伟大复兴事业的追梦者和圆梦人呢？我想，我会永远珍惜和保有这份情怀，守望伟大梦想，守护初心故土，永远不会停下向着美好未来奔赴的脚步。

未来可期，继续加油。

作者简介

张晔，北京第二外国语学院欧洲学院2015级法语专业学生，曾赴法国毕卡迪·儒勒·凡尔纳大学文学院学习法国文学。热爱法语，热爱诗歌，喜静厌闹。

（指导教师：董斌）

回望留学路，奋斗正当时

欧洲学院　雷蕾

在大三的一学年里，我和葡语151班的四位同学一同前往葡萄牙科英布拉大学学习葡萄牙语专业。在出发前，我的内心是期待而忐忑的。但这个位于欧洲西端的小国，很快打消了我内心的紧张。

这里相比于北京来说少了几分喧嚣吵嚷，多了几分宁静平和。由于科英布拉大学的几个校区分散坐落于整个城市，到处都可以见到穿着独具科大特色的黑袍子的学生们的身影。学校的老师们都很富有经验，同学们大多数是中国人，也有一些来自欧洲其他国家的留学生，大家彼此间相处友好而融洽。在课程设置上，科英布拉大学设置了艺术、历史和地理这种非常具有本地化特色的科目，让我们更加了解这个国家的历史发展、各类文化。同时，由于浸润在纯葡萄牙语的环境里，我的听力和口语能力也在短时间内得到了快速提升。

生活上，由于学校不提供宿舍，我们必须在外面租房。由于刚刚过去时语言能力还不是很好，所以遇到了不小的困难，在后来的租房过程中也和房东产生了一些矛盾和分歧，用一门非母语的语言去理论是非常困难的，但是最后问题都被我们顺利地解决了。我的自理能力也得到了提高，比如学会了做饭炒菜。在遥远的异国他乡，能够做出一碗带着家乡味道的饭菜，于我们而言或许是最大的慰藉。第二学期时，我们面临续签问题。在续签的过程中，当地移民局的不作为给相当多的中国留学生造成了很大的困难，这一点也让我们对葡萄牙的行政机构留下了很不好的印象，办事效率极低，流程非常不合理。与当地移民局的斡旋更加锻炼了我们独立解决问题的能力。最后，包括我在内的大部分中国留学生都顺利拿到了签证。其实，回观祖国，个别城市也曾经存在一些窗口办事慢、手续烦琐等问题，但近年来，"一窗通办""最多跑一次"等改革已大大改善了这样的情况，全国各地各级政府都在积极推进"放管服"改革，不断创新办事服务的工作方法，化繁为简、提升效率、服务人民群众。在党的领导下，中国政府关心人民，从群众中来、到群众中去，体现了中国特色社会主义制度的优势。

此外，这次学习经历也大大开阔了我的国际视野，感受到了与国内大学不同的教学气氛和学习气氛。在老师的带领下，我们参观了当地的博物馆、教堂和其他文化景点，使我们对于葡萄牙文化的理解不再局限于课本，而是融入切身体验中。文学课上，葡萄牙诗歌带我们进入了一个与中国古典诗歌截然不同的文学意境。罐头节、燃带节这些带有显著当地特色的节日，使我们在狂欢中更加融入了这座小城。讲葡语，对于我们来说变成再平常不过的事情，而不是一件需要费神完成的任务，这种语言环境所带来的进益是不亲自来到这里学习就无法感受到的。同时，大部分同学包括我，都利用这次宝贵的留学机会，前往欧洲其他各国，领略不同文化的风采，参观各地有名的教堂，感受当地的历史文化底蕴。

当然，遗憾是不可避免的。比如，科英布拉大学是没有翻译课程的，我认为大三是学习翻译非常关键的时期，而我们在这一时期既没有学习翻译的理论知识，也没有得到任何的翻译训练，更缺乏实践机会，这使得我回国后在大四的翻译课程上有些许的吃力。我认为在大三打好翻译基础还是很有必要的。

盛年不重来，一日难再晨，这次留学经历对于我来说是一次宝贵而难忘的经历，也是我的学习生涯中浓墨重彩的一笔。同时，我也深深地了解，能够得到这样开阔眼界、丰富知识的机会，既得益于我的学校——北京第二外国语学院为我们小语种学生创造的良好平台，也离不开党和国家为我们青年学生提供的稳定和舒适的学习环境与机会，对此我怀着深深的感恩。无数次地看到五星红旗冉冉升起，我总是按捺不住心中的激动，总有一种声音在我的心中呐喊：我爱你，中国！我坚信，在党的领导下，我们的祖国会越来越美好，而随着新一代青年接触更广阔的信息和资源，我们必将以一种清醒而自信的姿态，投入到中国特色社会主义现代化的进程中去。道路自信、理论自信、制度自信、文化自信也将越来越深入每一个中国人的内心，成为中华民族伟大复兴的不竭精神动力。

我也坚信，在成长成才的历程中，要将个人价值置于社会价值中。在建设中国特色社会主义、贯彻习近平新时代中国特色社会主义思想的过程中，当代青年应当把个人价值的实现同我国经济、政治、文化和社会的发展相统一，将个人的理想追求的实现融入国家事业的发展当中，将个人命运与国家命运联系在一起，把自己的人生价值目标建立在充分把握当今中国社会发展所提供的条件的基础上，努力、充分地实现自己的人生价值、社会价值。

高山耸屹，风卷红旗过大关。在以习近平同志为核心的党中央的领导下，中国人民不屈不挠、不懈奋斗，必将实现两个一百年奋斗目标，赢得中华民族更加幸福美好的未来！

作者简介

雷蕾，北京第二外国语学院欧洲学院葡萄牙语专业2015级本科生，2016年9月至2017年6月在葡萄牙科英布拉大学学习。

（指导教师：董斌）

党指向，民相随

欧洲学院　张则慧

博士钱学森不服气中国落后的状况，排除万难，回到心心念念的祖国，为中国的科学发展奉献青春与汗水；画家徐悲鸿不服气外国学生的挑衅，立志成才，终成书画大家名誉中外；院士袁隆平不服气中国人民忍饥挨饿，以农民身份扎根土地，超级水稻出世，为世人震惊……中国人的傲骨自古以来就从未消失，我们不甘落后，我们要用自己的力量使脚下这片热土重新焕发春的生机。

生逢其时，走在中国伟大复兴的征途中，我们虽是渺小的一颗石头，但爱国之心如奔腾不息的长江般至死不渝。本科毕业后，我决定前往葡萄牙进一步深造，希望学成归来，为祖国的发展做贡献。留学生，这是一个在现代中国社会历史中一个具有特殊意义的群体，为中国近现代的发展留下浓墨重彩的一笔。1957 年，毛泽东同志在苏联访问期间，于莫斯科大学接见中国留学生时，发出了“青年人朝气蓬勃，正在兴旺时期，好像早晨八九点钟的太阳。希望寄托在你们身上”的感慨。而习近平总书记在 2017 年末给莫斯科大学的中国留学生回信时也说过“青年一代有理想、有本领、有担当，国家就有前途，民族就有希望”。实现中华民族伟大复兴的中国梦，离不开一代代青年的接力奋斗。

在留学期间我认识了葡萄牙这个国家，与此同时，也对我自己的国家有了更深的认识。正如留学生们那句口头禅所说：“越留学，越爱国。”

葡萄牙位于欧洲伊比利亚半岛的西南部，东北连接西班牙，西南濒临大西洋。是一个经济较为发达、环境优美、社会福利比较丰厚的国家。在求学过程中，我结识了葡萄牙以及来自世界各国的朋友。我们怀着不同的理想来到里斯本攻读学位，课余时间我们经常会讨论选择到葡萄牙读书的原因。

谈到初心，每个人对它都有不同的理解和诠释。初心是孔子“居之无倦，行之以忠”的为政之道，是包拯“清心为治本，直道是身谋”的为官箴言，是毛泽东“埋骨何须桑梓地，人生无处不青山”的豪情壮志。身为新时代青年，同时又作为一名党员，我认为在我国发展的关键阶段，我有责任用头脑推动中国复兴，有义务用双手装点盛世中华。或许有人认为只有大人物才有大作为，但群众从来就不仅是由大人物构成的，芸芸众生才更是常态。所以我相信，只要心怀祖国，无论地位高低，每一个人都有其价值。因为热爱我们同住的那片热土，因为我们坚定共筑一个梦想！

研一的第二学期新冠肺炎疫情发生，作为留学生的我们在国外也非常担忧。葡萄牙疫情发展得较为迅速，很快学校就宣布停止面授课程，改为网课。不久，葡萄牙政府决定封城。封城之后原本车水马龙的街道变得空旷，车辆行人屈指可数了；原本商场一直都是热闹非凡的，但现在变得冷冷清清。

当地居民起初对疫情采取完全不在意的态度，更糟糕的是有些人对在葡华人有很大的敌意，甚至屡屡出现当地居民向中国留学生进行语言攻击的情况。这些恶劣的环境让我们更加担心。但祖国始终给予我们支持和关心：全葡学联发表坚定声明、及时更新疫情信息、组织线上交流活动为我们疏导焦虑心理……我国驻葡大使也在葡媒官方报纸上发表署名文章，坚决反对被污名化，维护留学生的安全。除此之外，学联还定期组织派发健康包，更加让我们体会到祖国对我们的关切。我们也坚信一定能够克服重重困难，正如习近平总书记所说：“寒冬抵挡不了春天的脚步，黑夜遮蔽不住黎明的曙光。”正是这次经历更加坚定了我的爱国底色和报国信念。我确定无论环境如何变化，我的爱国情怀永不会变，我的报国理想永不会丢！

第一学年结束后，我回国了。回国的过程是艰辛的但更是温暖的。从机组人员到隔离酒店的工作人员，他们都不辞辛苦、不畏风险地保障了我们的回国之旅。至今我仍记得穿着防护服的工作人员在他们各自的防护服上写下的“欢迎回家”“祖国加油”“抗疫必胜”等温馨而有力的文字，这些文字也给了我信心。在党和国家的坚定领导下，我们一定很快会战胜这场疫情的！

2021 年是中国共产党的百年华诞，百年征程波澜壮阔。老一辈留学归国的科学家们曾经用他们炽热的爱国热情为新中国的科学事业做出巨大贡献。留学人员胸怀“留学救国”远大理想，以救国救民为己任，用学到的新思想、新理论、新知识指导投身革命斗争和教育救国、科学救国的实践，涌现出孙中山、周恩来、朱德、邓小平、蔡元培、周培源、竺可桢等杰出人士。留学期间，随着世界各地兴起前所未有的马克思主义研究热潮，周恩来、朱德、邓小平等人逐步转变为马克思主义者。“宁做独立国的平民，不做亡国奴的博士！”“九·一八”事变，标志着艰苦卓绝并持续 14 年之久的抗日战争爆发。国难当头，海外留学生深感国土沦丧的屈辱，纷纷中断学业归国，数千名留日学生更是选择集体辍学归国，掀起了近现代留学史上规模空前的回国浪潮。留学生不仅为国家独立、民族解放贡献智慧和力量，更贡献出了青春、汗水、鲜血乃至宝贵而年轻的生命。

如今，作为新一代留学生的一员，我也怀揣着实现中华民族伟大复兴的中国梦，昂首阔步，奋勇直前，接过前辈们传承下来的“留学报国”这一神圣使命，为中华民族伟大复兴的中国梦的实现注入不竭动力和活力，用自己特有的方式谱写出更加激昂的时代乐章。

作者简介

张则慧，北京第二外国语学院欧洲学院葡萄牙语专业 2015 级本科生，2019 年 9 月至 2021 年 7 月在葡萄牙里斯本大学攻读硕士学位。

（指导教师：董斌）

仙人掌之国墨西哥

欧洲学院　陈佳凝

大三有幸被学校派往墨西哥交流学习一年，如今回到国内，回忆起过去一年国外生活的所观所学所思所感，恍如梦境，却又那么真实，一帧帧画面依旧历历在目，在我的青葱岁月中留下了浓墨重彩的一笔。现将这篇留学心得与诸位分享。

是留在国内完成大三的专业课程还是去语言对象国体验沉浸式学习，留学之前有过选择的纠结。去到墨西哥之后，既抱有对留学生活的期待，也免不了对陌生环境的担心所包围的压迫感，毕竟去之前就对墨西哥治安环境差、毒品泛滥等社会问题有所耳闻。但是本着“既来之，则安之”的原则，还是以积极的心态开启了我的留学生活。我们交换学习的地方是墨西哥 31 个州之一的韦拉克鲁斯首府哈拉帕，除了同校学生，来自其他高校的一些中国留学生也在此交流学习。由于在这所学校的几个中国留学生是住在一起的，似曾相识的场景让我感觉重回大一开学之际，和新室友从不熟悉逐渐变成无话不谈的密友。同时，离开了学校食堂，意味着我们必须自起炉灶，自立过起柴米油盐、锅碗瓢盆、有烟火味儿、接地气的生活，这对曾经几乎不踏入厨房的我来说着实是一项不小的挑战。好在同去的小伙伴中也有不会做饭的，大家互相摸索鼓励、分工协作，在强大的搜索引擎“度娘”的帮助下，厨艺水平日益提高。后来我们的日常就是早上睁眼第一件事就是思考一日三餐，下课后去超市买菜，回家烧饭、洗碗……这样的生活虽然忙碌，却让我们在实践中逐步适应节奏，感受到充实的快乐。更难得的是，这样的生活让我开始想念之前在学校能享受食堂的日子了。有了对比才会更加珍惜，深切体会到有学校为我们提供色香味俱佳、价格实惠的食堂餐饮是件多么幸福的事情。生活上遇到的挑战让我变得更加独立成熟、勇敢冷静、洒脱乐观，也懂得了忆苦思甜。

初到一个陌生的国家，除了生活上有诸多需要调整适应的之外，还有学习上需要克服的障碍。我们是和当地大学文学系的墨西哥同学一同上课的，和本地人一起学习文学，这着实是一个不小的挑战，更何况之前在学校还从未接触过有关西班牙语文学方面的知识，外教上课的内容也更偏向于口语、听力方面的训练，因此刚开始担心自己会跟不上。但事实证明，老师讲课语速适中，以大三出国交换的水平一堂课听下来是不会有太大问题的，而理解了老师上课的内容配合老师布置的课后阅读和作业，是能够跟上的，所以一定要对自己有信心，当然也需要选择和你水平相当的课程。而在国外学习和国内最大的区别是老师会布置大量的课后阅读任务，认真完成这些作业对阅读能力的提升包括词汇的积累都有作用，因此出国学习期间不必过于焦虑耽误了国内的课程，只要利用好在语言国的语境优势，多和当地人交流，敢于表达，认真完成阅读任务，不仅能提高语言水平，更能深入了解国家文化、社会状况等。

在墨西哥交流学习的一年时间里，通过深入当地生活，与当地人沟通接触，包括利用假期在周边城市旅游，我对这个国家有了更全面的了解，亲眼见到了印刷在教科书里的建筑，品尝到了课本里提到的传统美食，每天都在与听力磁带口音的人交流，生活在新闻里写的墨西哥犯罪率最高的大州之一……深入当地学习交流对于语言学习者而言是非常重要的，提升语言技能的同时，也是一次难得的跨文化交际实践，让我对即将到来的毕业论文选题也有了思路和方向。出国学习期间应当把握住和当地人交流的机会，这样才能最大程度提升听说水平，更真实地从民众口中闻悉这个城市、国家、民族的历史文化。墨西哥人都是非常热情友好的，多交几个当地靠谱的朋友，在异国才不会感到孤独，而且在你遇到不懂的问题或者困难时也能得到他们的帮助。另外，墨西哥是一个旅游资源丰沃的国家，留学期间可做好规划安排，利用假期去有名的景点参观游玩，用相机记录沿线风景，品尝特色美食，体验这个国家不同城市的差异和共性，这会让留学生活充满乐趣。

感谢学校给我提供了出国学习的宝贵机会，让我有机会深度体验中国以外的世界。这次的留学经历，让我为自己身为一个中国人感到骄傲，更加珍惜感恩中国共产党领导下国家的繁荣富强、和平昌盛。在墨西哥会不自觉地将当地的硬件设施与中国的基础建设进行比较。他们的房屋建筑大多还是20世纪80年代建成的，全国也只有两座有地铁的城市；与之相较，中国的各大城市机场、地铁、高铁站都非常现代化，中国的高速网络也是世界最长的，并在以世界最快的速度增长，我们的国家有最高的桥、最长的隧道……同时，我们习以为常的诸如高铁、支付宝、淘宝、美团、滴滴等这些为我们生活带来便利的“新发明”在墨西哥是无法享受到的，在和当地人交谈的过程中，在和他们分享中国便捷和中国速度时也总能收到他们羡慕的赞叹。临近回国的那个月正值墨西哥总统选举，也是墨西哥政党之争最激烈的时期，超过百名政界人士遭到杀害，看到新闻里的这些数据，觉得触目惊心。这些经验也让我对国外的政党制度有了更深的思考。墨西哥政党格局多元化和分散化的民主背后，潜伏着主张欠理性及政策断层的危机，当地人也早已对逢场作戏的“民主”厌倦不已，腐败、毒品泛滥的社会毒瘤难以根除。而与之对比，中国共产党全心全意为人民服务的宗旨，以人民为中心的发展思想，一以贯之的执政政策深入人心，受到广泛拥护，得民心者得天下，故能做到集中力量办大事，让人民群众切实感受到执政党优秀领导下的实实在在的发展成果。

作者简介

陈佳凝，北京第二外国语学院欧洲学院西班牙语专业2015级本科生、2019级研究生，2017年8月至2018年6月在墨西哥韦拉克鲁斯大学文学院学习。

（指导教师：董斌）

取长补短　砥砺前行

欧洲学院　綦一丹

刚到德国的时候总想时间快点过，能够赶紧回家，十个月后却开始依依不舍。

由于大学课程设置问题，参加项目的学生们只有极少数时间是与德国学生一同上课，且大多数共同上课的课程是在阶梯教室的大课，与本地注册大学生的交流机会其实很少。下学期虽然也有和本地学生一同小班制上课，但难度都相对较高，上课时很难参与发言。宿舍单人间的设置又使学生们被分隔开，不经常与邻居沟通。种种原因使得留学生们生活在相对封闭的环境中，近一年的学习生活中几乎只与同样出国的学生交流，如果不主动与他国学生搭话，或者参加非中国留学生组织的活动，很可能口语不进反退。万幸学校安排了寄宿家庭，使我们得以真正地参与到德国人的日常生活，了解他们的文化与习俗。

在德国，我曾经历过两任寄宿家庭，与三代人深入交流过，探讨他们对中国以及中德关系的看法。出乎我意料的是，即使很多人曾经来过中国（尽管这多数是三四十年前的到访），他们依然抱持与中国人完全不同的看法。不得不说，这是德国教育的问题，因为他们从小的学习中，并不包括“台湾自古以来就是中国的固有领土”等概念，而这种自童年开始的认知是很难被改变的。这一定程度上反映出过去几十年我国对外宣传的不足，也是新一代中国人，特别是留学生应当重视的问题。我们应该尽己所能，传达中国当下的情况，让只能通过本国媒体接收偏颇片面报道的德国人了解真正的中国。

相比较国内大三学生的繁忙学习生活，在埃森大学的学习难度低很多，不仅每周课程少，作业简单，学习内容也基本是大一大二所学的重复，这很容易让我们懈怠。每周的大课，由于不和正式注册的学生一同考试，而是老师单独给我们命题，去上课的人寥寥无几，只是考前突击，拿到及格的分数就行。事实上回国一段时间，我已经深刻认识到自己在德语基础等方面的不足，缺少正式的口译课训练等让我们与国内同学有了不小的差距。事实上这是出国学生们必然的心路历程。

过去一年多的疫情提醒了我们，应该选择适合自己国家的政策，而不是被西方媒体洗脑。西方所宣扬的“民主”“自由”，并不是完美的，也不是万能的。

我们在研究国外政党时，应该取其精华，去其糟粕，吸取他们的教训，走中国特色社会主义道路。

作者简介

綦一丹，北京第二外国语学院欧洲学院德语专业 2015 级本科生，2017 年 10 月至 2018 年 7 月在德国杜伊斯堡—埃森大学学习。

（指导教师：董斌）

不忘初心，方得始终

英语学院　阿克达·阿不都如苏力

海明威曾经说过，“如果你有幸在年轻时到过巴黎，那么以后不管你到哪里去，它都会跟着你一生一世。巴黎就是一场流动的盛宴”。当初选择来法国留学，是因为我渴望在这个同样有着丰富文化底蕴且又浪漫友善的国家开始新的学习生活。借助北二外合作项目，怀揣着对留学生活的美丽憧憬，我来到了这个浪漫国度，开始了我的留学生活。

一、公派留学——夏斗湖时光

要离开最舒适的家，心里难免不舍。出发前几天便开始难过，那独立的留学生活好像一道永远不能战胜的难关。就这样，怀着忐忑的心情，拉着两个二十公斤的箱子，又回到了法兰西的土地。谁知，到达戴高乐的那一瞬间，得心应手代替了所有的惶恐不安，顺利拿着行李前往火车站的我竟有一丝回家的感觉。时间真的有奇效，今天的我，竟然会对这个一年前看起来那么陌生的国家产生强烈的熟悉感。就这样，我顺利返回了夏斗湖。经过一天的打扫重整，一切就绪，准备开始列计划，安心充实地做个“湖人”了。经历过第一年TCF（预签证法语水平考试）三分之差的我，心里难免挫败，因此给自己制订了考 DELF（法语学习证书）、雅思的计划。第二年的 FLE（对外法语专业）课程也比想象中有趣一些，有新的老师加盟，授课内容也丰富了起来。最深得我心的是，我们的课基本集中在上午，午饭后便可回到园区，利用下午自由组织时间，根据自己的兴趣学习。于是，楼里的小自习室成了我的小天地，每日的法语听写、朗读；备考期间的无数个通宵；或因成绩不理想而失落的好些个夜晚，我都待在那间屋子里慢慢消化。

二、掌握生活的主动权

由于我们始终是北二外的学生，学校给我们创造了许多展现自我的机会。当然，机会总是留给有准备的人。

（一）学生会的工作

第二年的留学中，我当选了宣传部部长。说实话这对我是一次挑战。之前的我并没有过运营公众号的经验，也不擅长拍摄。当初竞选，更多的是为了学习一项新的技能，然而我也确实做到了。接受运营公众号任务之初，我猜自己是学生会成员里最让老师头疼的那一个。编辑好的稿子，可能需要黄老师反复检查核对，每一次都能发现漏洞，也曾有过老师陪我熬夜改稿的经历。好在经过一年的磨炼，我从一无所知到了得心应手。想想，这些工作其实没有多大难度，关键在于细心和耐心，这都是我在学习过程中欠缺的品质。也曾遇到过因分配工作不均衡引起部员不满的情况，但我也逐渐学会了解决矛盾和与人相处之道。一年的宣传部工作，让我学会了认真对待工作，更学会了高效进行团队工作，合理分配任务，积极参与，关心每一位部员的进度。更重要的是，掌握了此技能之后，它变成了一种兴趣。我也正在计划运营属于自己的公众号，用文字和照片记录生活碎片。将你的经历与感悟精炼浓缩在一篇文章里，其实比想象中的困难。如何吸引读者眼球？如何让他们在阅读后发自内心地留下一个“赞”？ 我想，学着培养自己写高质量文章的能力，在我们往后阶段的学习中也是至关重要的。不妨就从日常做起吧。

（二）课业任务的分配

相较去年最大的不同，是我学会了自主学习。随着大学学习接近尾声，课业任务也没有刚开始那么多了；也已然度过了刚开始学习吃力甚至无从下手的状态。现在，一切都在掌握之中了。这一年的学习，除了一天平均 5 小时的法语课，我给自己安排了课后两小时的进阶法语学习，准备 11 月的雅思，及 1 月的 DELF B2 考试。我想靠自己多学一些来弥补没考进 LEA 专业的遗憾。于是我找了一系列网课，每周定时定点学习。起初听全法语网课对我来说难度很大，很大程度上是把它当作了听写，先把老师所讲内容听写下来，再自己消化。耗时很久，效果却是不错的。由于法语理解能力有限，我又找了一些相关中文、英文网课，涉及历史、文化、国际关系等课程。通过一年的学习，我想我有了一定进步。就这样，在 1 月的 DELF 考试中我考了 78.5 分。其中我最满意的部分是口语，去年的我曾害怕开口，一度陷入哑巴法语状态，在不断的自我对话、模仿视频等练习后，我最终的口语成绩是 23.5 分（满分 25 分）。这令我重获了学习信心，并且下定决心要继续突破自己，于是又报名了 3 月的 DALF C1 考试。最后虽然因为疫情，考试被取消，但学习还是在继续。也是在这前半年忙碌的备考过程中，我感受到了付出必有回报，更重要的是，考试只是阶段性的检测，考试可以停止，而学习却不该停下。身边同学总打趣说我是“最不怕麻烦的人”“最热衷于考试的人”。想想，这似乎成了一种习惯，每当立下一个要考试的目标，为此拼命学习一两个月，再去实现它，能从中获得很大的满足感。另外，也能收到一种极其高效的有规律的生活。我想，这是我离开夏斗湖之后仍会保持的习惯。

然而，也不是一切都在掌控之中。当天平开始倾斜，就应该引起注意了。在第一学期的英语专业期中考试时，我的成绩十分不理想，那次经历至今令我印象深刻。那阵在加速备考法语的影响下，英语语法受到影响。不自觉地将一些法语习惯带到了英语中，犯了许多现在想起都不能原谅的错误。也曾因此受到批评，一度陷入本专业学习的低谷。英语是我一直以来都十分喜爱的专业，眼看着因为自己的疏忽而越学越差，我也开始焦虑。从那以后，我也在努力弥补，尽可能地多听多读，把这两年所忽略的地方尽可能弥补回来。

（三）疫情下的生活模式

令人难过的是，2020 年我们遭遇了新冠病毒的侵袭。当我们正为国内疫情感到担忧时，欧洲的疫情也正在发酵。忧伤的氛围笼罩了在夏斗湖上学的我们。刷新国内最新数据成了每天起床第一件事。身在异乡的我们，为家人担忧。令我们感动的是，祖国以高效的防控措施，快速阻断了病毒的传播，控制了疫情，在短短两个月内使大家生活秩序恢复正常。然而欧洲疫情蔓延，我们不得不宣布立即停课，开始了为期两个月的隔离生活。这期间，课程以网课形式继续；禁止聚会聚餐；禁止出园区。热闹的夏斗湖园区变得安静。大家都小心翼翼。时至今日，疫情还在继续，法国已经解禁。但为了我们全体师生的安全，夏斗湖校区决定继续隔离。大家都很理解学校的决定。生活用品的采购由首创集团完成，安全得到充分保障。十多年前的非典（重症急性呼吸综合征，英文名 SARS），我们都还很小，没有太多的记忆。然而此次新冠（新型冠状病毒肺炎），我们都是亲身经历者，历史的见证者。也是第一次理解“世界共同体”一词的含义。大家无论身处何处，都不是以个体存在的，个人的行为是有能力影响到整个群体的，因此也不可以狭隘的眼光看待任何问题、灾难。身处异乡的留学生群体，对此感触更加深刻。大家发自内心为今天的中国感到骄傲，更为自己有个强大的后盾而充满安全感。

三、留学收获

（一）比知识更重要的文化礼仪熏陶

坐了数不清次数的公交车，但每一次上公交车前的“bonjour”却一次也没有少过，走在路上与和善的眼神对视上就会自然而然地打招呼，好像一天的顺利就是因为陌生人之间的祝福。在公共场合耳边回响最多的词就是“pardon（对不起）”“merci（谢谢）”。刚开始这种频率让我措手不及，每一次说之前都要在脑海里过一遍台词，久而久之，这些礼貌用语好像成了心中的安慰剂，像一个灵丹妙药一样能把一天的坏心情都冲走，而之后的顺其自然也让我更加熟悉了这里的生活。

法国的老年人不比年轻人逊色，他们的侃侃而谈与每一次眼神接触时流露出来的善意让我对这个城市的好感与日俱增。在公交车站台很喜欢和法国的老奶奶聊天，当她们小心翼翼地问道“你们喜欢这里吗”的时候可以看到她们的期待，我会毫不犹豫地说喜欢，可能比巴黎还要多一分的喜欢。她们流露出来的开心感染了每一个人。这里的人们教会了我用善良的眼光来看别人，让我变得更加有礼貌和友善。

而法国的浪漫不仅仅体现在它的景点，更渗透在了生活中的各个方面。比如说当你打算办银行卡、办电话卡、看医生时，就要放下所有急躁，从一个简单的“约会”开始一步一步解决你的问题，此约会非彼约会，它是指和即将要为你解决问题的人共同协商一个双方都合适的时间，这个时间的选择甚至可以延长到一个月后。从中可以看出，不论是多么十万火急的事在法国人眼里都是可以慢慢解决的。为了解决一个似乎很小的问题可能需要一趟一趟地去磨合去解决，结果虽然都是一样，但这个过程确实会让我们学到很多，可以说戒骄戒躁是我在这里的最大收获了。

夏斗湖这个神奇的地方总是带给我一次又一次的惊喜。上到天上的云和星星一年四季从来没有重样过，不管课业压力有多么繁重，路途有多么辛苦，只要抬头望望天空好像一切疲惫都能烟消云散，什么都没有发生过。下到随处可见的绿色原野总是在孕育着新的植物，每一束花每一棵草都像是莫奈画里的作品，相机都记录不了它们的美与诗意。或许有人会说，宜人的景色在每个国家的乡村都应该是标配。当走到离我们 15 分钟车程的市中心时仿佛来到了另一个小巴黎，路边的小咖啡厅、药妆店、花店随处可见，行人也不多，路也很窄，但走在路边看着每个人不急不忙地做着自己的事的时候好像自己呼吸的节奏都慢了下来，全身心地感受着阳光对我们的洗礼。

（二）英法双语

回到学习上，法语严格上来说并不简单，就连与我交流过的法国人都告诉我甚至他们自己都会觉得法语很难。但在我看来，每个人只要带着跌倒了再来的心就没有不能克服的困难。我永远记得当自己第一次能顺利说出一句法语时那种激动的心情，仿佛冲去了所有的疲惫。学习一门新的语言最神奇的地方就在于它每一天都能给你带来惊喜。当你新学会了一个单词，第一次用新的语言表达了你此时此刻的心情，第一次与外国人说话，第一次被陌生人表扬法语不错的时候，它的作用就不仅仅是工具了，它仿佛成为你的一个秘密小伙伴，在时刻与你分享你的进步、你的点点滴滴。

（三）亲人般的师生关系

对我来说，来到夏斗湖最不后悔的一件事就是结识了可爱的小伙伴和像亲人般的老师们。不管遇到什么事，只要想到自己不是一个人，有老师同学也在和自己一起经历这些，心里的负担也会少很多。我们一起逛超市、一起去踏春、一起学习、一起做饭，想家的心似乎没有那么频繁地出现了，好像宿舍就是第二个家一样。老师也不再仅仅在课上教课，更多的是在生活上给予我们帮助。而在这一年更有趣的是我们在上法国老师和中国老师的课程时，总会发现许多不同点。法国教育更加注重与同学们的互动，喜欢让我们自己去探索发现新的知识；中国老师的课程更强调学生对知识的透彻理解程度，虽然并没有许多的互动过程，但对于上完九年义务教育的我们来说接受起来会更快一点。

虽然我们身处国外，但也同是北二外的学子。比起其他留学生，我们似乎身负更重的使命。因此，我们也始终严格要求自己，不论是学习，还是言行。国内院系的老师们也心系我们，常常会询问我们的学习生活情况，并告知我们国内的进度，让我们不要落队。尤其是疫情期间，我们收到了北二外的爱心包，医护用品以及校园文化衫，在最困难的时候也感受到自己在被远方的学校老师牵挂着。

四、未来规划

三年时光飞逝而过，充实的课程和丰富的业余生活让我感觉成长了不止三岁，在思想上、在思考问题的方式上的进步让我对这一年的学习不曾后悔，夏斗湖带给我的不仅仅是学业上可见的进步，更多的是为人处世上的巨大影响。告别夏斗湖后，我借助北二外的国际合作项目，来到了巴黎跨文化传播与管理学院（ISIT），同时进行着国内大四以及国外研究生一年级的学习。随着国家的强大，学生们的学习机会也越来越多，此类合作项目大大缩减了求学时间，让我们更加高效充实地学习。硕士毕业之后，我计划回国发展，将自己这几年的所学所闻运用于实践，努力做一名复语人才，为国家的跨文化发展献上自己的一份力。

留学生活充满困难、孤独的瞬间，但重要的是面对现实要有信心。不论带多少家乡的美食和用品总有耗尽的一天，可永远不会让你放弃希望的还是自己那一颗永不言败的初心。

作者简介

阿克达，维吾尔族，来自新疆乌鲁木齐，为北京第二外国语学院英语学院英语 174 班学生，大学期间参加学校法国夏斗湖项目学习法语专业，结束后考取巴黎跨文化传播与管理学院（ISIT）国际策略与外交专业，继续在法国攻读硕士学位。喜爱外语学习、跨文化研究，以及国际政治、女性儿童权益保护。

（指导教师：郝钰）

留法归来，初心未改

欧洲学院　何科润

古往今来，人类总有探索未知、发现新大陆的渴求。自然地理条件形成的天然屏障，使人类以族群的形式分布在世界各地，而上帝为了阻止巴别塔的建造，又让人们说不同的语言，阻碍人类的相互沟通。但随着经济发展、科技进步，人类不断获得翻越高山、跨越大洋的能力，在交通上打破了地理隔阂。互联网进程更是让地球成为地球村，世界各地联系越发紧密，全球化成为大的趋势。“世界那么大，我想去看看”，这个当代年轻人的梦想，不论是在真实的物理空间，还是在虚拟的网络空间，其实现的可能性都在不断增加。世界到底有多大，我还能看到怎样的不同？带着对异国文化差异的好奇心，我于 2019 年 9 月赴法国进行了为期一个学年的学习和交流。

从本科到研究生，学习法语已有六年多的时间，我一直为自己是一名外语学习者而感到骄傲。一方面，掌握新的语言文字让我能够打破语言障碍，了解对世界认知的新视角和新观点，看到文化的差异性和多样性，从而以更加包容的思维看待问题，以更加多元的想象创造人生更多的可能性；另一方面，翻译作为我的重要学习方向之一，我为翻译工作所承担的文化交流使命而感到自豪，能够运用自身所学认真做好每一次翻译，在两种语言的沟通交流中尽绵薄之力，就完成了我的自我价值实现。因此，当学校提供了交流项目时，我毅然选择到法国交流学习，不仅是希望切身体验法式生活，更希望浸润在法语母语的环境之中，加深对法国语言文化的了解，提升自己的专业水平，期望归国后能够以更高的综合素养从事对外交流工作。

留法的日子如白驹过隙，期间的见闻和经历丰富多彩。我领略了法国大学的教育教学模式和氛围，学习和了解了法国的文化思潮，观察到法国社会因退休制度改革而引起的漫长的大罢工，并利用假期游览欧洲各国，观赏了各式各样的自然和人文景观，2020 年初，我还亲身经历了国外疫情暴发后的一系列状况。种种体验交织在一起形成了属于我的留法故事，并沉淀为一种成长的烙印，在归国后仍时常有所回忆和思考。

犹记得初学法语时，“校园”的法语单词为“campus”，当时老师讲道，这个词包含了“开阔平地”的含义，因为国外的大学一般是没有专门的围墙的，寓意开放和接纳每个想要学习的人。到法国之后，亚眠的毕卡笛大学对外国交换生一视同仁，我们可以选择校内任何一个学院的任何一门课程，也可以进入任何教室旁听，遇到问题时可以咨询学校的国际交流中心。根据我们入学测试的语言水平，学校为外国学生开设了相应的对外法语课程，让我们更加系统和具体地学习法语，深入认识和探讨当代法国的思想文化。在上课过程中，我切身体验到法国的讨论式课堂氛围轻松，老师和学生的交流是平等的，双方可以在课堂上进行灵活的对话和讨论。这种模式和氛围让学习者更加敢于开口说话和表达观点，有利于每个人发散思维，从各个角度对问题进行深入思考。有一次，老师在我回答完问题后做了一个评述，她的评述使我印象深刻。她谈到，各国学生回答问题都有自己的特点，相比与法国距离更近的欧洲国家，中国学生针对欧洲文化现象的回答显然更具有客观性，而且中国学生习惯对问题答案进行权威的学术型资料查找，因此回答非常规范、通识和精准，而其他欧洲国家学生则更多的是根据自己的生活经验来回答，主观性更强，侧重点更突出。由此我意识到，不同国家学习者的思维习惯和观察视野都是完全不一样的，而留学的意义就是让我们离开固有的学习氛围，走出思维定式，在新的环境里表达和聆听，从中取长补短，获得进步。在未来的学习研究中，我要试着不仅仅是从书面找答案，更要从自我的生活中找答案，兼顾宏观与微观、普遍和特殊，多角度地分析问题，从而完成更有新意和特色的学习研究。

在我的交流学习中，法国文化思潮这门课令我获益匪浅。老师谈到个人主义是法国最重要的思想之一，通过个人主义可以对法国当下的种种社会现象做出解释，并使我们更加深入地理解法国的文化潮流、民众特点。通过这门课，我了解到法国非常重视个人意愿，本质上他们提倡的“自由、平等、博爱”恰恰是来源于对个体的尊重。他们认为每个人都有权利做自己的选择，尤其是宗教信仰的选择，因此教育世俗化、政教分离是法兰西共和国必须坚守的一种底线。石油危机时，有一句非常出名的话是这样说的：“虽然法国缺少石油，但最不缺的就是想法。”他们认为国家和社会的活力来源于个人的活力，个人主义使法国人思考个体的存在和意义，并在全球化的浪潮中不断追问那个经典的哲学问题——“我是谁？”这种追问也带来了一些反全球化运动，因为他们希望保持文化的多样性，比如抵触法语中使用英语外来词，希望通过保持本土语言纯正来保护语言的多样性，但这样有时又难免令人感觉有些保守。全球化给世界各地传统文化都带来了一定的冲击，交流产生融合，融合又何以保持特色，这不仅仅是法国人思考的问题，而是每个国家都面临的考验。尊重差异、维护多样化，一方面需要我们以开放包容的心态去展开对外交流合作；另一方面需要我们有所忠实和坚持，做好民族特色和传统文化的传播与传承。

基于课堂进行的当然只是一种思想层面的讨论，真正的法国社会生活是什么样，还需要亲身去观察和经历。我在法国的留学生活使我更加坚信了一点：国家的历史文化积淀与社会发展状况塑造了不同的文化。留法期间，我既作为旁观者，又作为当地的亲历者，目睹了几次黄马甲运动游行以及退休制度改革引发的 SNCF 法国国家铁路公司大罢工。事实上，大部分的运动都是以较为平和的方式进行的，人们在街头游行呐喊，宣发观点，但不可否认的是，这些运动中确实存在暴力和乱象，而一度失控的场面也成为引起法国社会动荡不安的因素之一。还有铁路方面漫长的大罢工，不知道是否被取消、何时被取消的火车班次，也给人们的出行和生活造成了极大的不便。我所在地区日常学习生活受此影响不算太大，但法国一些地区存在因游行运动而无法到校上课的情况。在我的观察中，法国民众与政府之间的沟通存在一定隔阂，甚至可能形成一种僵持的局面。西方民主与自由的表达是否真的能获得想要的结果，以及民主政治在多大程度上行之有效，都是有待考量的问题。

新冠肺炎疫情出现伊始，我在法国陆续听说有中国同胞遭到当地人恶意攻击侮辱的情况，对此我无疑是感到愤怒的。后来欧洲疫情暴发，中国留学生普遍倾向于佩戴口罩，但当时法国大部分人对口罩的不屑与抵触给我们造成了极大的心理压力。我们处于对病毒和对当地人可能存在的恶意的双重恐惧之中。幸好我所在的城市亚眠是一个友好质朴的小城，身边的法国朋友也十分尊重我的做法，没有因为我自身的种种防疫措施而对我恶语相向。购买回国机票的过程十分波折，还要兼顾在国外的课程，现在回想那段煎熬和焦虑的日子，定是迫使我心智成熟的人生历练。对于中国的抗疫措施，西方国家的态度不断转变，直到法国也开始实行封城措施，证明我们的实践是正确的，经验是值得肯定的。与此同时，对比两国民众在疫情面前的做法和态度，也能看到各自的优势与弊端。相比中国人民的万众一心、众志成城，主动配合居家封闭隔离，法国人显得比较自由散漫，不积极配合政府对聚集聚会的禁令，并且对很多防疫措施怨声载道，因此监督管理的难度非常大，最直观的表现就是封城期间随意出行的处罚金额因为受罚案例增加而不断提高。疫情面前，我看到的是两种截然不同的社会体制之下的行事效率差异。留学期间遭遇疫情虽是突发状况，但正是这种身处异国的切身体会更加增强了我对中国特色社会主义的制度自信和道路自信。

4 月初，我乘坐中国航空的飞机顺利回国，这段妙趣与惊险并存的留学生活就此落下帷幕。到法国留学提升了我的专业素养，增进了我对法国和法语文化的认知，开阔了眼界和格局，培养了国际视野，加深了我对中法两国交流的理解。这段经历无论是对于我个人身心的成长还是对于未来的职业生涯规划都有重要意义。留学让我看到一个中国之外的更大的世界，感受到文化生活的多样与精彩，这些都使我更加充满了对未来的热情与活力，以及对从事对外交流事业的向往与憧憬。“非学无以广才，非志无以成学”，我希望自己是奋斗的中国新青年，归国后能在自己的行业和领域兢兢业业，有所贡献。

法国和中国都是具有悠久历史文化积淀的国家，两个民族都曾在历史画卷上为人类文明进程书写光辉灿烂。正如习近平总书记所说，“在共同发展的道路上继续并肩前行”，作为外语学习者，在我的硕士专业研究中，在未来的工作岗位中，我都将成为两国语言文化交流的践行者，以求同存异的胸怀继续推进中法友好往来，甘当人类命运共同体构建的螺丝钉。

作者简介

何科润，北京第二外国语学院欧洲学院 2018 级法语语言文学专业在读硕士研究生，研究方向为翻译理论与实践。2019 年 9 月至 2020 年 4 月，通过学校的国际交流项目，赴法国亚眠大学进行交换学习。

（指导教师：刘洋）

归来仍是赤子

中东学院　万诗雨

2019 年 10 月 23 日，我踏上了科威特这片完全陌生的土地，开启了长达 10 个月的留学生活。经历了两年的刻苦学习，我获得了这次宝贵的公派留学机会，很感谢曾经付出的自己，以及一直帮助自己的老师、同学和家人。或许有人认为，出国留学就意味着逃离国内学习的重压，所谓“天高皇帝远”，但是于我而言，这是一个实现自我提升、自我突破的机会，更是一次增进中阿交流、传播中国文化的旅程。于是在出发前，我就告诫自己要好好把握这 10 个月，不虚度，不荒废，不辜负自己的努力，也不辜负他人的期望，只有潜心提高自身实力，才能更好地为中华民族的伟大事业贡献一分力量。

然而，出发前的踌躇满志，却几次三番遭到现实的阻挠，这不长不短的 10 个月里，发生了太多令人猝不及防的事情：疫情突袭，学校停课，思归心切……像一阵接一阵的飓风，掀起我内心的波澜。学校停课后，每天只能待在一方闭塞的宿舍楼，独处的孤寂、疫情的不确定性几乎将我的学习热情消磨殆尽，使我不得不一次又一次地重整旗鼓，守住出国留学的初心。俗话说得好：祸兮福所倚，福兮祸所伏。既然获得了机会，就要承受机会带来的风险和挑战，而又正因为这些挑战，我收获了除学习以外更珍贵的东西。

出国留学是一趟学习之旅。如果说国内语言学习是在打地基，那么留学期间的学习就是在垒高墙。国外的语言教学模式有别于国内，更注重互动和思考，老师会抛出不同领域的话题，引导我们展开讨论，或和律法相关，或与哲学相关，还有时候是文学问题。老师通过这些问题引发我们对人生的思考，并在思考中不断组织自己的语言，从而突破单纯的输入模式，以达到输出的效果。在问答环节中，不同文化的交流碰撞显得异常精彩，印象最深刻的一个问题是：你喜欢古代诗歌还是现代诗歌？各国同学踊跃发表意见，有的喜欢古体诗的端庄严谨，有的则喜欢现代诗的自由奔放，作为中国学子，我们自然是把从小读到大的唐诗宋词向大家“安利”了一番。

停课后的日子里，我有更多属于自己的时间。不善交流的我起初只是缩在房间里，读了几本原来没有时间阅读的阿语小说，颇有一番“闭门造车”的架势。但是要达成增进交流、增强口语的目标，就不得不跳出舒适区，于是我便开始主动和外国学生打交道。不仅在交流的过程中提升了口语技能，还结交了许多外国朋友。可以说这种特殊的语言环境给了我莫大的帮助。

出国留学是一趟心灵之旅。曾经以为自己是个内心强大的人，现在才发现，只是原来经历的风雨不够猛烈罢了。每天关在一方封闭的宿舍楼里，面对的是无尽的等待和吞噬一切的孤独，每当心态面临崩塌的时候，投入到学习中去是最有效的“救心丸”。一想到留学肩负的使命，悲伤就会被使命感冲淡，取而代之的是前进的动力。心里的堡垒一次次地坍塌、重塑，虽然过程十分痛苦，但我相信，这将会成为击碎未来人生道路上的障碍的利器。成长总是伴随着痛苦的，但开出的花是坚忍不拔的。若能守住初心，为最初的使命不断奋斗，我们的内心将会更加强大，遇事更加处变不惊。

出国留学是一趟温情之旅。首先是来自家庭的温暖。这次留学体验让我更加懂得家庭的珍贵，更加珍惜与家人一起的时光。每个情绪烦乱的傍晚，都有爸妈视频聊天陪伴，即使两地时差有五个小时，他们还是会为了照顾我的小情绪、小任性，陪我聊天解闷。因为有了他们的包容和鼓励，我才能以更好的状态直面挑战，规划我的留学生活。可以说这段时间让我真正懂得了什么叫作“家是每个人的避风港”。

如果说家庭的温暖是细腻柔和的，那么祖国带来的温暖便是坚定有力的。疫情来势汹汹，周边医院的防护设备供不应求，好不容易买到的一盒口罩还要省着用，慌乱、恐惧笼罩着整栋宿舍楼。就在这个节骨眼上，使馆向我们伸出了援助之手，两位使馆老师亲自将好几袋防护用品送到宿舍楼，分发口罩的同时还不忘给予我们安慰和鼓励，之后也尽心尽力地帮我们安排回国事宜。满当当的手提袋和那些温柔坚定的话语使我们躁动不安的心平静了许多，他们用行动告诉我们：祖国就在你们身后，是你们最强有力的靠山！

中国共产党成立100年以来，带领中国人民取得了伟大的成就。过去，国家的落后激起了中国人民的崛起斗志，在中国共产党的带领下拼出一条“救亡图存”的血路，继而在经济、教育、科技等领域涌现出一批又一批爱国人士，他们用自己的知识和情怀为中国的今天做出了巨大的贡献；如今，国家的富强牵动着莘莘学子的爱国热情，鼓舞着他们努力学习，为祖国更加美好的明天而奋斗。这样强大而温柔的祖国也是每一位海外留学生心中的牵挂，我们虽身处异国他乡，却时刻想念着祖国温暖的怀抱，盼望着使命完成的那一日，能够满载而归报效祖国。

因疫情影响而不满10个月的留学生活，我不敢说有什么突飞猛进的进步，却是在潜移默化中得到了锻炼，提升了技能，突破了自我。与祖国暂时的分别，却好似加深了我与祖国之间的羁绊，我从一个“身在福中不知福”的“局内人”转变成了“旁观者清”的“局外人”，见证了祖国的成长和强大，也实现了自身的成长和历练。

作者简介

万诗雨，江西南昌人，就读于北京第二外国语学院中东学院阿拉伯语系，于2019年10月赴科威特留学。每一段经历都是一笔个人财富，在为期10个月的留学生活中，我经历了许多别人无法体验到的事情，故借此文将这些经历和感悟分享给大家。

（指导教师：张丹丹）

法国，是终点亦是起点

高级翻译学院　寇未晞

一、我的法国求学之路，有家一般的温暖

2017 年 9 月，怀揣着梦想，我跟随北京第二外国语学院的师生们一起，来到了既陌生又熟悉的北二外夏斗湖学院。说它陌生，是因为我从没有到过法国，更别说来到夏斗湖学院了。说熟悉，是因为早在 2016 年入学之际我就对它有所耳闻，并在心底埋下了一颗留学法国的种子。十个小时的飞机，几个小时的汽车，我终于携带在心底生根发芽的那个小苗一起抵达了夏斗湖学院。一下车，我就看到了热情的学哥学姐们。他们那一张张热情洋溢的笑脸，让本该陌生的夏斗湖一下子变得温暖、温馨、温情起来。

和大家朝夕相处的两年，让我收获了不一样的友谊。在夏斗湖学院，同学间的关系更近了，师生间也少了隔阂、多了温暖。大家共同生活、生火做饭，在同一个屋檐下分享着不同的人生，就像一条条通向未来的马路在夏斗湖相交。这是一段很有趣的经历，它给予了我不曾想象过的生活的乐趣。

中秋佳节，正是每家每户的团圆之夜，而远在法国的我们也不例外。海上生明月，天涯共此时，向国内的亲朋好友们道完中秋夜的祝福后，我便投入了夏斗湖学院的中秋庆典里。虽然没有了家人的陪伴，但我丝毫不感到孤单。和身边的老师、同学、中法友人欢聚一堂共度月圆之夜也是一件充满乐趣的事情。还记得中秋晚会上同学们伴着小虎队的歌曲跳着街舞，引起了观众们的一阵阵欢呼；晚餐时的一次次抽奖活动，让大家满载而归；晚餐后，精力丰富的与会者又载歌载舞起来……

二、我的法国求学之路，充实而富足

两年的留法生活，我早已习惯了这种繁忙而充实的节奏。与每周满当当的课程表一同陪伴我的，是无法割舍的手表。它像一根丝线，用指针的转动穿起每一节课、穿起每一间教室，记录着我在偌大的学校走廊里来回奔波的疯狂的身影。倘若若干年后回想起在夏斗湖的这两年生活，不知是否会是另外一番滋味。

记得周总理在留学期间曾写过一首很豪迈的诗：

大江歌罢掉头东，
邃密群科济世穷。
面壁十年图破壁，
难酬蹈海亦英雄。

或许我并未曾拥有与当年的周总理一样的英姿飒爽与雄心壮志，但当我废寝忘食地在台灯下熬夜苦读时，激励我奋勇向前的却正是周总理曾经的事迹。祖国给了我优越的条件，我自然不能辜负祖国的期望，得用本领报效祖国。

在夏斗湖，给予我知识和能力的不只是与我们朝夕相处的老师们，法国的日常生活也是我们学习新知识、掌握新技能的一个重要途径。还记得刚刚到夏斗湖的时候就像一个牙牙学语的婴儿，处处都需要老师和学长学姐的帮助和指导。不敢一个人去开银行账户、不知道怎么购买手机卡、看不懂公交车的时刻表、就连路人说的“你好”都只能用点头微笑来代替。时间如流水飞逝，技能和知识也在时间的长河中逐渐积淀起来。现在的我不仅日常生活的交流不在话下，可以和法国人侃侃大山、唠唠家常，甚至也可以一个人去租房、去买保险、去和各种部门交涉，为争取和保护自己的权益据理力争。

除此之外，学校也为我打开了一扇扇文化学习的窗口。众多的社会实践活动带我领略着法兰西的历史和文化，帮助我踩遍法国的每一个角落 、看到法国的每一抹色彩。而讲座和文化交流活动帮助我结识更多的法国友人，让我通过面对面的交流来深化自己的语言能力的同时改变着自己的视野和思维。

同样，夏斗湖的经历也是对我世界观的一种重塑。习近平总书记曾表述："人类命运共同体，顾名思义，就是每个民族、每个国家的前途命运都紧紧联系在一起，应该风雨同舟，荣辱与共，努力把我们生于斯、长于斯的这个星球建成一个和睦的大家庭，把世界各国人民对美好生活的向往变成现实。"当身在法国的我看来自世界各地的商品一起出现在家乐福的货架上，看到中国的青花瓷、日本的浮世绘、亚洲的佛教纹饰被用来装饰法国城堡，看到"一带一路"跨越欧亚大陆连接了分别处于世界两端的中法两国，我真正地理解了"地球村"的含义，理解了"全球化"的真实体现。整个地球、全体人类，在经济、政治、文化的发展中，在科学技术的变革和前进下，正在变得密不可分，"人类命运共同体"的建设势在必行。

回首这两年来自己的变化和发展，夏斗湖可以说是又一所"人生学院"。在这里，我不仅学习了语言知识，变得独立自主、自立自强，也在逐渐完善着自己的思维和对这个世界的看法与认识。我欣喜于自己的这种变化，欣喜于即使身处远离父母近万里的异国他乡，也同样可以活得自由、活出自我。

三、我的法国求学之路，也是我的爱国之路

"我和我的祖国，一刻也不能分割，无论我走到哪里，都流出一首赞歌。我歌唱每一座高山，我歌唱每一条河，袅袅炊烟，小小村落，路上一道辙。我最亲爱的祖国，我永远紧贴着你的心窝……"当看到习近平总书记的红旗轿车缓缓开来的时候，《我和我的祖国》那悠扬的旋律在脑海中逐渐浮现，泪水溢出眼眶模糊了视线。我看到了祖国的强大，感受到了祖国的力量。在中法建交55周年之际，习近平总书记到法国访问，作为北二外法国夏斗湖学院的一名留法学生，我有幸亲自见证了习近平总书记访问法国的精彩时刻。这段不同寻常的经历为我的法国求学之路添上难以忘却的一笔，也让我以祖国为傲。

来到法国，才让我更加深切地感受到"祖国"一词在海外中国人心中的分量。每一个留学生都在用自己独有的方式来表达着对祖国的热爱与支持。即使只是电视节目中一闪而过的关于祖国的快讯，也足以让我心跳加速，甚

至热泪盈眶。

来到了法国，我更深入地认识了中法之间友谊的源远流长。法国是第一个同中国建立全面战略伙伴关系以及开展战略对话的西方大国；是第一个同中国开辟直航航线的西方国家；是第一个同中国开展民用核能合作的西方国家；是第一个同中国互办文化年的国家。中法之间，还有着关于民族复兴的共同话语。5 年前，习近平总书记访问法国首站选在里昂，那里记录着近百年前留法中国青年的救国梦，留有周恩来、邓小平等老一辈革命家的足迹。而这个春天，正值中国留法勤工俭学运动 100 周年，习近平总书记再访法国。当前，中国正走在民族复兴的新征程上，法国也怀有振兴法兰西、复兴欧洲的抱负，二者的远大规划不谋而合，这是中法历史上的一个全新的交汇点，也将是中西方人民、中西方文化的再一次交流与融合。习近平总书记的访法之旅，让我感受到法国人民对中国的向往，也更加感受到祖国的强大。

曾记得，我利用假期，跟我的法国同学们一起来到文艺气息浓厚的巴黎街头，我这一张中国面孔不但没有受到歧视，还得到了友好的问候。一说起中国，总有当地人能打开话匣子。“我喜欢中国的现代和古老，这是一个面向未来的国家，它总尝试改善自身；同时也不忘记它的根，为其历史而骄傲”“旅法大熊猫是两国关系纽带的一个象征”，等等。我的法国同学们总能骄傲地说出很多中法友谊中的闪光点，让我这个中国人听了，心中倍感欣慰的同时自豪感油然而生。

2019 年，新中国迎来了 70 周年华诞。70 年前，毛主席站在天安门城楼上，用洪亮的声音，向全世界宣告：“中华人民共和国中央人民政府今天成立了！”中国从此站起来了，成为屹立在东方的一颗璀璨明珠。如今，习近平总书记说，我们现在的中国，要强起来。现在，我已经切实感受到祖国的强大。一代代国家领导人，带领着我们的祖国从贫苦到富强，经历风风雨雨，走向光明。千言万语，汇聚成一句话：“我的祖国，我永远爱你！”我为自己是中国人而骄傲。

四、法国，是终点亦是起点

2019 年 6 月，我结束了在夏斗湖学院的学习返回北京，这也宣告了我在法国的第一阶段的学习生活的正式结束。在这一阶段里，有开心也有失落，有考试前夜紧张得失眠，也有忙里偷闲时和好友们的电影之夜。这两年里，我在老师和同学的帮助下逐渐适应了法国的生活和节奏，学习着离开了父母如何独立行走。法国，是我青涩时光的终点，它使我走进社会、帮助我成为一个更完整的成年人。

而接下来的一年，我仍留在法国，独自完成应用外语专业的学习，继续用自己的眼睛观察遥远的国度里的百态人生、用所见所闻提升自己。虽然世界很大，但我仍然想看遍它的每一个角落，每一点精彩。

作者简介

寇未晞，北京第二外国语学院高级翻译学院 2016 级本科生，2017 年 9 月至 2019 年 6 月在法国夏斗湖学院学习。之后继续留法在奥尔良大学应用外语专业学习。

（指导教师：黄筱）

寄一段家国梅香，谱一曲留学长歌

英语学院　胡馨文

2019 年，怀着对外面世界的朦胧、恐惧、不安和期待，我踏上了大不列颠及北爱尔兰联合王国，这个拥有浪漫的科茨沃尔德和令人神往的白金汉宫的国度。在这里，我们与英国人以及来自世界各地的朋友一起，开始了漫长而艰难的求学之旅。

一、努力学习适应环境改变

刚刚来到英国的时候感觉很不适应，首先因为这是一个完全陌生的人文和气候环境，另外其教学模式也和国内完全不一样。国内本科学习的范围较广泛且会与相似的专业有一些重合，比较注重复合型人才的培养。而国外的每一个学科的教学范围相对就比较窄，也正是因此他们在单个学科的教学上挖掘得就比较深，十分注重专业化人才的培养。

这种不适应让我很难受，因此刚来的时候我经常需要熬夜学习，而且当时他们的论文对我来说实在是太难了以至于我的成绩总是不好。在这种情况下我很好地发挥了中国人敢于钻研不服输的精神，努力地学习。

在大学里我努力汲取文化知识，提高自己的知识水平和能力，始终将学习放在第一位。我相信一分耕耘一分收获，在这两年中我认真学习专业技巧，对于专业学习时刻保持热情积极的态度，当然对于理论知识的学习也不放松，在平日里做到课前预习，课后复习，不旷课，不迟到，不早退，并且及时完成老师布置的各科作业。

俗话说“单丝不成线，独木不成林”，一人取得成就，并不是大成就，唯有与大家一起进步，才能爆发出巨大力量。我在日常学习的同时，还会积极帮助班里的同学解决问题。只要是同学们有学习上的困难来请教我，无论是多忙我都会坚持放下手上所有的事情来为同学们讲解习题。如果有自己也解决不了的问题更是会与同学一起去老师的办公室向老师请教，直到将问题搞清楚，搞明白。

孔子曰“三人行，必有我师焉”，我一边利用自己的学习优势积极帮助同学，共同进步，另一边也在不断从同学身上学习闪光点，虚心向他们请教，来弥补自己的不足。终于我的努力有了回报，我适应了英国的教学模式，不仅将成绩提了上去还拿到了学院的表扬信。

二、热情交往传播中华文化

初到英国的我在这个陌生的环境里显得格外拘谨，但在和当地人，尤其是和老师、同学熟悉后，我发觉他们都非常善良友好，待客热情，我也就逐步地敞开了心扉。

在工作之余，他们会真诚地邀请我们去家中做客，为我们精心准备他们所认为的最好的食物，甚至会根据我们的习惯，特意为我们准备中国餐具。尽管有时候菜肴并不太符合中国人的口味，但心里也是甜滋滋的。为了表示谢意，我也会为他们制作一些中国的手工艺品，比如剪纸、中国结等一些带有中国传统特色的新鲜玩意儿。

依稀记得有一次回国休假结束后返回英国时给我的外国朋友们带了具有中国传统意义的京剧脸谱摆件和带有脸谱图案的中性笔，他们满心欢喜。对于他们来说，在乎的并不是礼物的价值，而是我们之间的这片情谊，这不仅仅是人与人之间心灵的融合，更是国与国之间文化的碰撞。

我们会一起约着出去玩，一起去社团，在万圣节变装，在圣诞节交换礼物，在这之中我会着重告诉他们在中国我们的一些习俗，他们也对中国文化产生了浓厚的兴趣。我还会教他们制作中国特色的食品，可以看出对于古老而神秘的中国他们都有许多的期待。

三、疫情期间得到祖国关照

国外的疫情暴发之后我们就停课了。其实我们所处的地方作为学校管制得还比较严格，疫情也没有特别大地影响到我们。作为中国留学生的我早早地购买了一些口罩等物品，同时也收到了家里的一些物资。但是当我们收到通知国家给我们准备了健康包的时候还是忍不住有些激动。

在这个特殊的时刻除了斯旺西学联发的来自大使馆的健康包以外，北二外还在半年后统计了国外学生并寄了口罩和连花清瘟胶囊给海外学生，这让我们明白国家一直都有注意到我们，一直在关心着我们。

同时我们中国留学生也是唯一拿到这项福利的，这也让我们为祖国的强大和发展而惊喜。拿最近的疫情来说，我们能够迅速将疫情控制住就离不开科技的发展。首先是防疫物资的科技，便携式的口罩给了我们对抗疫情的信心，防护服让医生们可以免遭疫情危害，测温枪让我们可以迅速测量出人们的体温。除了防疫物资，迅速发展起来的交通也让全国上下迅速团结起来，劲往一处使，共同抗击疫情。随着疫情的持续发酵，健康码也逐渐普及起来，这种大数据时代下的科技产物更是大大降低了我们防疫工作的难度，让我们可以更好地甄别出进入公共场合的人是否有风险感染新冠肺炎。

为了抗击疫情，武汉迅速建成了雷神山、火神山两座医院，其速度和规模都要强于非典时期的小汤山医院。在这一连串中国速度的背后除了中国人的甘于奉献、坚持不懈，更多的还是科技的进步和发展。我们有了更好的工程机械，有了更好的测量仪器，有了更为完善的工业体系，也有了更好的防护措施……科学进步带给我们的还有很多很多，值得一提的是为了提振抗疫信心对方舱医院的建造进行全程直播，让全国人民都能看到方舱医院的建成，切实感受到中国速度。这在以前也是想都不敢想的事情，如今却都变成了现实并为抗疫事业做出了巨大贡献。

我为我有如此强大的祖国而自豪，也为我们中国共产党的伟大辉煌而自豪，同时我也会继续努力，帮助祖国取得更加灿烂辉煌的成就！

作者简介

胡馨文，北京第二外国语学院英语学院 2017 级学生，自 2019 年起参加北京第二外国语学院与英国斯旺西大学 2+2 项目，前往英国斯旺西学习英语语言与传媒专业。

（指导教师：郝钰）

奋斗青春路　筑梦法兰西

欧洲学院　卢奕彤

一个寒冬过去，又是春日来临。想到去年这个时候，自己正在处理回国前的各种琐事，一幕幕仿佛就在昨日。无论是学业上面对的挑战、身处异乡时对家乡的思念，还是在生活中面临的种种问题，它们都丰富了我的留学生活，让我迎来了属于自己的成长。

初到法国时，我对眼前和身边的一切都充满了好奇，但紧接着就要面临时差和生活习惯的改变，又要面对新的老师、同学和学习任务，这对我来说并不是一件容易的事。好在我并不是孤身一人，同伴的鼓励和陪伴给了我积极面对的信心和勇气。

在适应了新的生活节奏之后，我把更多的精力投入了新的学习任务当中。在跟随法方老师学习的过程中，我发现老师们的教学思路和授课方式都与在国内时有所不同，学生们在课堂中的参与感更强。在接受新教学、参与新课堂的过程中，我逐渐找到了自己的学习方法，这些新的学习体验也为我的留学生活增添了更多的沉浸感，让我在学习新知识的过程中更进一步地了解了法国的教育和教学。

除了计划内的课程学习之外，我也和同学一起旁听了学校开设的其他课程。这其中有许多课程是专精于一个非常具体的学科话题或方向，但是这些课程并没有因此显得过于单薄，而是各自丰满充盈。我再一次感受到自己的学习并不仅仅是学习语言和文学相关的知识，更是拓宽眼界、认识世界的过程。但也是第一次，我感受到自己身上有着沉甸甸的责任。无数的海外学子在外求学，把他们的所见、所学悉数变为自己能够傍身的一技之长带回祖国，在各自的岗位和领域中发光发亮。以前的我希望自己也能够成为他们当中的一分子，而现在这个机会就在我的面前，我只有像海绵一样汲取围绕在我身边的养分才能够好好地把握住它。于是我在日常的学习中尽可能多地涉猎不同的课程，在学习中把握方法，在学习中提升自我。

除去学习，每天的日常生活让我感受到了当地的风土人情，也让我感受到了巨大的文化差异。在以往的印象中，法国人似乎总是浪漫、随性的代名词。在法国生活了一段时间之后，我发现法国人确实有他们浪漫的一面，但同时，法国人也有着审慎严谨的一面。无论是在课堂上接触到的老师、同学，还是在生活中遇见的银行柜员、宿管老师，甚至是在旅途中遇见的陌生人，他们虽然各有不同，但他们的身上都带着我心里对于法国人气质的想象：大事不含糊，小事不纠结。现在回想起来，我仍然对留学期间认识的每一个人都充满了感激之情，是他们让我的留学生活既多姿多彩，又充满温暖。

就在我以为我的留学生活能够圆满结束的时候，新冠肺炎疫情发生了。疫情初期，我和同伴每天关注着疫情动态，既担心国内家人的情况，也为回国航班变动被迫改变而担忧，我遇到了抵达法国以来最大的挑战：法国由于疫情原因采取封城政策。在封城的日子里，除了每周去超市采购一些必需的食品和日用品，我每天都在自己的宿舍里，与外界的沟通全靠网络，每天与外界的接触仅限于开窗通风。随着疫情愈演愈烈，我所处的城市也出现了病例，所在的大区更是成了疫情重灾区。我的心态开始变得焦躁，每一条与疫情有关的新闻都牵动着我的神经，与此同时，我与同伴一边处理离境前的各种手续，一边祈祷航班能够按时起飞。与情绪上的波动相比，生活上的不便此时已经算不上什么。就在此时，我收到了亚眠学联派发健康包的消息。在那一瞬间，我强烈地感受到我与祖国之间的情感联结。在外留学的学子人数众多，在全球疫情的影响下，共克时艰，我们并不是孤独的。在我们的背后，永远有更强大的后盾，而这个后盾，值得我们去为之奋斗。最终，因为即将离境，我放弃了申领健康包的机会，希望它能帮助更需要它的人。一人之力虽然微薄，但为行千里之远，我愿做其中的小小跬步。

飞机降落的一瞬间，我感到心里的一块大石头落了地，也真真切切地感受到自己回到了家。在回国后进行后续学习的过程中，我时常会想起在法国时的学习经历。每每想起，当时的使命感和责任感就会再次萦绕在心头，督促着我不断前行，向着更高、更远的目标大步前进。

一年的时间飞快，置身其中的时候是珍惜，结束之后则是时常回味。在法一年我学习到了新的知识，领略了新的风土人情，感受到了异国的文化氛围，更收获了许多友谊，而把这些都放在一起，则是组成了属于我自己的一段成长。这段经历与以往的经历既相似，又不同。相似的是我仍然在这段时光中感受到了温暖与快乐，不同的是在法国的这一年让我更加独立、更加勇敢、也更加坚定。

留学于我，是用自己最美好的青春去迎接了不一样的挑战，也遇见了不一样的机遇。无论每一段小小的经历是伴随着欢笑还是汗水，都是我成长之路的里程碑。在法国走出的每一步，都是逐梦路上的一小步，每一步更是赋予了我新的责任和使命，最终组成我青春成长之路上的重要一步。奋斗之路没有终点，但我们在路上奋斗的身影就是这条路上最美的风景。

作者简介

卢奕彤，北京第二外国语学院欧洲学院2018级法语语言文学专业在读硕士研究生，于2019年9月至2020年5月期间赴法国亚眠大学进行为期一年的交流学习。

（指导教师：刘洋）

勿失莫忘，求学路寄家国情

中东学院　张萌

在尼罗河畔凉凉夜色里，在五光十色的游船上，我想着中国的月亮是不是会更圆，我的故乡她是否一切安好？

2019 年 9 月，在学习阿拉伯语长达五年后，我终于有幸能够亲自前往埃及，来一一印证那曾无数次出现在书本上、停留在幻想中的阿拉伯世界，四个月的时间很长，长到我可以数清埃及有 24 个夜晚没有月亮，四个月也很短，短到我手中的文献资料只有孤零零的一箱。在这既长也短的四个月里，我逐渐明白了留学生的使命责任，感悟到艰苦奋斗的意义，品味出成长的回甘。

留学生的使命是理论结合实践，切实做好学问。在出国前，学院的老师帮我解答了许多关于留学的困惑、提醒我将可能遇到的挫折、指导我排除心理压力的方法，更是千叮咛、万嘱咐，要学以致用，将在国外学习到的课程知识、搜集到的文献书籍、领略到的民族文化，服务于我国国别与区域研究的课题，不断形成、完善对象国的整体认知和国情刻画，为对外政策的策划、制定以及推行提供学理方面和素材方面的支撑。于是，在留学过程中我不仅深度参与完成相关课程，在课堂上与埃及的教授就不同问题进行交流和探讨，并对其进行记录和整理；业余时间，拜访了知名学者、教授以及前往社科院、国家图书馆等处进行深入的学术研究，按照类别和角度收集各种专业素材。在此基础上，选取当今中东地区的焦点问题——反恐，作为论文研究的主题，研究中东行动中的搭便车现象，这一研究有利于把握地区反恐行动的现状以及相关的利益博弈，为我国在地区的行动提供借鉴，中国能够在索马里、亚丁湾打击海盗，在也门快速完成撤侨等均建立在对地区反恐行动的研究以及对各方利益倾向的预判上，厘清地区的反恐行动中的各方利益倾向、分析各方的搭便车现象及联盟中的激励机制有利于我国在地区安全顺利地推进“一带一路”倡议，维护我国的海外利益，保障海外公民的生命财产安全。

留学生要深刻领会艰苦奋斗的精神内涵。开罗热闹的哈里里市场旁，双目失明的老人蜷缩在小巷的一角，身前破损脏污的半个碗如他空洞的眼神般盛满了绝望，回想到我在北京地铁站看到乘坐轮椅的残疾人自如出行，一个前路渺茫、温饱无着，一个在这盛世坦然生活。偶然一次和出租车司机闲聊，惊讶得知他毕业于埃及顶尖大学开罗大学的政治经济学院，在我一时惊诧交加、哑口无言之际，他指了路边书摊的小贩说，要不要猜猜他是哪儿毕业的，我没有去猜，那或许是这个国家和民族心中无法言说的痛处。我只是很生疏地转移了话题，问他有没有什么阿拉伯小说推荐。他告诉我你可以看看《拱门与蝴蝶》。我问小说在探讨什么，他直视前方顿了顿说道，讲恐怖主义，又故作轻松地说道，埃及还是很安全的对吧？我们没有再交谈，一直到下车我也不知道要说些什么，我不能说前两天我还看到十月六日击毙恐怖分子的新闻，我也不能说相比失业来说，人身安全总是更重要，阿拉伯这个民族饱经沧桑，我尽力小心翼翼不去触碰。因此，这一刻我深深地理解了中国共产党带领中国人民站起来、富起来、强起来是多么具有意义，这对于每一个中国人来说都意义非凡，我们不是生活在和平的年代，而是生活在和平的国家，一切只不过有人在为我们负重前行。中国共产党自成立至今，一直秉持着艰苦奋斗的精神，不断宣传要将奋斗精神刻进民族的记忆、基因与血脉中，因为党的背后是14亿的人民，只有艰苦奋斗，居安思危，才能在当今严峻复杂的国际局势中行稳致远，才能肩负艰巨繁复的发展改革稳定任务砥砺前行。

留学期间的成长是终身受益的。留学本身是对个人政治品质、道德素养、心理状况、社交能力的综合考验，到了国外后，远离父母、脱离学校，更缺乏必要的监管和引导。负责的老师虽然热心友善，但并不能时时刻刻顾及留学期间个人的情绪和心理障碍。我曾五点搭乘大巴跨省去贝尼苏韦夫的复兴大学聆听讲座，也曾累到昏睡时迷蒙间透过车窗看到几点星子在金字塔上方骄傲闪烁，更是迷失在解放广场边错综复杂的街道时，被小小孩童带去地铁站，租房搬家做饭洗衣，生活的处处兼顾经营都让我自顾不暇，更别说看着月亮想念家乡时的无助和寂寞。所幸，后来的我可以独立照顾自己，料理生活，完成学业之余体味开罗的独特风俗。成长，并不是一瞬间的事情，它需要数次的打磨和挫折，但它却也是刹那间的感悟，那是在次次磨砺后，生活给予的礼物。

李大钊先生《厌世心与自觉心》中提到，欲求一可爱之国家而爱之。现今这盛世已如先生所愿，我们的国家强大又可爱。拥有爱国心的人们在国家危难的时刻敢于站起来，革命年代、战争时代多少仁人志士不惜为国家抛头颅、洒热血，这种爱国热情是最最崇高的、值得我们尊敬的。在这半年的留学生活中，我多么庆幸我有最值得热爱的国家，她免我惊扰，保我无虞，回望从小到大的种种，更坚定了我爱国报国的决心。作为新时代的青年党员，我们有责任有担当，肩负时代的使命，发扬艰苦奋斗的精神，将自身的成长和国家的发展紧紧联系在一起。

在北京，在挂满红灯笼的街道上，我抬头望着空中的那一轮圆月，我的祖国她正值一片好光景。

作者简介

张萌，2014 年 9 月至 2018 年 7 月在阿拉伯学院阿拉伯语专业学习，2017 年参加剑桥大学暑期创新与管理项目，在剑桥大学访学期间完成了创新与管理项目课程，最终获得项目结业证书以及剑桥大学推荐信；2018 年 9 月至今在中东学院阿拉伯语语言文学专业学习，2019 年 9 月至 2020 年 1 月 在埃及访学，在交换学校完成相关课程，业余时间拜访知名学者、教授以及前往社科院、国家图书馆等处进行深入的学术研究，收集专业素材 50 余册。

（指导教师：张丹丹）

青春因远行而深刻

欧洲学院　郎嘉明

当我写这篇留学报告时，内心依旧澎湃。一段段虽然辛苦然而收获颇丰的经历给我留下了深刻的印象并永远在我的生活中留下了深远的影响。回想当初父母送我到机场时，他们心中忐忑不安，担心娇弱、独立能力不强的我不能适应留学生活。其实，并非是我不独立，只是父母从来没有机会看到过。独自在外学习一年让父母看到了我的另一面。同时，这段留学的经历也使我更加深入地认知自己，让我接触到了一个更广阔的世界。

一、远在千里，心念祖国

当疫情在中国发生时，每个人的脸上都写满了担心与忧虑。无时无刻不在牵挂着家人和朋友，祈愿疫情尽早结束。作为一个学生，我们只怨自己的力量微薄，无法帮助祖国渡过这一难关。与此同时，在法国，社会上也出现了个别人对华人不友好的声音与行为。当我们乘坐公交被个别人嫌弃时，当我们在车站等车被个别人指手画脚品头论足时，我第一次感受到自己和祖国的联系是如此密切。祖国的荣耀是我的荣耀，祖国生病了我们也会被偏见和不满所包围。

当国内疫情基本得到控制，国外疫情却逐渐严重时，家人朋友和祖国反过来为我们担心了。家长们想尽办法为我们千里迢迢寄口罩，不幸的是，我耐心等待了一个多月之久，依旧是没有收到任何的包裹，然而我却等到了中国驻法大使馆为每一位在法学子派发的健康包。这是祖国对每一位在外求学的学子的深切关怀，一份小小的包裹让所有人都感受到了不管与祖国相隔多远，祖国始终都在我们身边，永远是我们的坚强后盾。

在此次的疫情中，中国显示出了作为一个大国的决策力与行动力。在西方国家难以控制疫情，各方意见不一难以做出决策时，我感受到了中国国内的团结，全国人民一盘棋，普通民众自觉在家进行隔离，全国一共三万多人志愿参加了志愿武汉的医疗力量与军队之中。

中国的组织力动员力也是很强，在基层社区，尽管基层工作人员的薪水很低，他们在组织人员进行隔离的工作上也毫不懈怠，任劳任怨。政府决断力也在此次武汉封城的决定上体现出来。中国的工业能力也十分出色，一个能容纳上千人的野战医院，在短短十天内就建成。这在国外是想都不敢想的事情，在法国批准一块用地都需要两年，何况是建设了。中国的科技能力也是不容置疑的，仅仅七天就成功地分离出了病毒，这种科技能力连发达国家都难以保障在这么短的时间内就达到这样的成果。中国对于疫情的控制效果也是显著的，外省病例不断下降，一个半月就基本控制住了疫情。

我作为一个学生来法读书，不仅仅是为了获取知识借此来获得一个更让人满意的工作、有一份薪水很高的工作，更是为了报答国家，让中国有一个更好的、更加辉煌的未来。仅仅满足于自己“小确幸”的生活是远远不够的，我们每个人都与国家命运息息相关。我们是学生，也是社会的一分子，我们应该忧国，我们还应该知国报国，为国家尽自己的一份力。如在雷神山、火神山的建设过程中无数埋头苦干的人一样，如医生、武警等为了他人拼命奉献的人一样，自己有一分热就发一分光，以健康报国，以专业报国。

二、勤奋学习，自立自强

在奥尔良大学学习的作息无疑是可以和高中生活相比较的。每天六点半在睡梦中被闹钟叫醒，收拾完毕后有时会为了赶车而来不及吃早饭。在拥挤的公交车上，利用半个小时的宝贵时间背单词或者是练习听力。在课堂上有大量的知识需要吸收，虽然没有留背诵、检查、默写这样的强制性任务，但是如果没有自己的整理，每天大量没有经过消化和吸收的知识就会很快被忘记。下课稍微晚了一分钟便会错过一班车，只能在寒风中的站台旁被冻得瑟瑟发抖。回到校区后还要准备晚上的课程，要想保证有质量地完成每天的学习任务，不在自习室待到十二点是不可能的。国内，我往往只是在图书馆待到十点闭馆的时候，而在夏斗湖，如果十一点半就睡觉，自己心里就会感到不安和焦虑。这样快节奏的学习生活只在周末允许我有一丝的喘息。在有限的时间里，我需要合理安排自己的学习和娱乐时间，保证学习效率的同时又适当地放松自己。

由于疫情在世界更大范围蔓延，为了大家的健康与安全，学校采取了封校的措施。比起之前每天等公交坐公交来回奔波，封校的日子能够给予我更多可以自己支配的时间，来查缺补漏，来反思自己每天的任务完成情况。这对于我来说是一个宝贵的机会。一个学年很快就过去了，马上就要大三，面临着大四考研还是继续留法读研的问题，确实是有一些迷茫。夏斗湖远离尘嚣的环境，也为我提供了难得的安静，使我能静下心来思考自己的未来，为自己制订未来的规划。

三、琐碎生活，促人成长

来到夏斗湖之前，在我人生的十九年里，和家人分开过的最长的时间，也不过就是大一军训的两周而已。在家中，我也极少接触做家务做饭这样的琐事。这次长达几乎一年的分离对我来说无疑是一次考验。经历了一段需要自己照顾自己的时间以后，我渐渐发现，一些事情好像也没有我们之前预想的那么难，或者是尽管过程艰难，但最后我们总会去克服它，战胜它。随后，一切依旧都会有序地进行着，自己也在不知不觉中掌握了很多本领和技能。

在一个集体中生活便少不了与他人的相处。摩擦和冲突也会时有发生，但也多亏了这些经历，让我了解到应该怎样与不同的人相处。不同的家庭环境、不同的成长经历、不同的价值观念等因素造就了今天的我们。因此，保持包容宽恕的心态去理解别人、体谅别人是最重要的。我学会了多去想想他人的长处，记住他人的优点，忽略或者是包容别人的缺点。但是，尽管自己是这么想的并且也是这么做的，也不应要求别人能理解我，站在我的角度去思考去看待问题。有过伤心，有过失望，无论面对的是真诚或是自私，我都学着去接受。遇到问题及时沟通，理性地去表达想法和建议是我学到的最重要的与人相处的方法。

一个人在外总是不易的。我逐渐学会去接受孤独感的存在，并且去想办法解决。特别感谢我的老师、朋友和家人，总是能给予我适当的建议和鼓励。有了他们的信任和帮助，我也会很快地调整好自己的状态，以迎接接下来的生活和新的挑战。

学院里的生活是简单的，单调的。没有了平日里的社团活动，没有了令人垂涎三尺的美食。周末外出活动就是去超市采购，日常户外运动就是在校园里散步。但在单调之中，我们也还是可以发现生活的小美好小确幸。无论是周末在厨房研究实验菜谱并且亲身实践下厨；还是用相机走遍校园记录春风记录冬雨，拍摄下一草一木在不断变化的云影下的身影；又或者是在林间散步时偶遇在茂盛的草丛间穿梭的小鹿，每一件小事都可以让自己真切地感受到生活的乐趣与美好。

四、丰富经历，多彩人生

在这一学年，我是第一次和同学一起在假期之中去国外出游，自己买票，自己订酒店，自己制订路线，每一步都要自己来规划。然而计划终究还是赶不上变化，来到法国之后的第一次假期出行，就遇上了铁路罢工。面对突如其来的意外，我们最初是坐在车站的大屏幕前不知所措，随后用十分有限的法语词汇寻求工作人员的帮助，最后虽然错过了在罢工前时间最合适的一班火车，但是成功在服务台办理了退票并且在当天夜里成功地坐上了开往里昂的行程为十几个小时的大巴车。在旅行途中，能用自己所学的语言和当地人进行交流并解决所面临的问题，能和偶遇者交流自己的经历和想法，这无疑是最有成就感、最有融入感的时候了。

学校的活动也十分丰富多彩。中秋节围坐在一起吃月饼，和奥尔良大学的同学一起庆祝春节，吃中餐。拜访里昂的中法大学城，瞻仰学习先人为国之进步而求学的精神，乘车去安纳西欣赏小镇雪山湖泊的美景。令我印象最深刻的是春节去奥尔良的大游行。我有幸参加了舞蹈队，在市中心的舞台上为法国市民展现了中国的新疆民族舞蹈。这是我第一次正式地代表祖国向世界展示中国文化，所以当我下台后听到来自观众的喝彩声，看到他们对我们竖起的大拇指时，脸上全是隐藏不住的喜悦，内心充满了作为一个中国人的骄傲和自豪。

人除了学习之外，也要有视野的广度和思考的深度。作为一个留学生，相比国内学习法语的同学我能更好地感受到中法两国之间的文化差异，并且能更多地了解中法两国人在思维、行为上的不同。利用这个优势，我就可以更全面地了解中国，了解世界，重塑自己的思想，把自己放在一个视野更广、水平更高的角度去思考、看待问题。

出国学习不仅利于我学习一门外语，它更使我拥有了一种高远的眼光、跨界的能力和广阔的胸怀。体验过了不同的教育体系、不同的文化氛围，我看到了更广阔的世界，我学会了用包容的心态去面对社会不同的声音。如此，我更加坚定自己的梦想，希望能为祖国发展贡献自己的力量。梦想如同远处的灯塔，闪烁着，指引我不断前行，而留学这段经历就如同前行途中看到的风景、遇上的风浪，使我收获本领，给予我前行的动力。

作者简介

郎嘉明，北京第二外国语学院欧洲学院法语专业 2018 级本科生，2019 年 9 月至 2021 年 5 月在法国夏斗湖学院学习。

（指导教师：黄筱）

我与法国的不解之缘

英语学院　李雨晴

因为对语言的热爱选择了二外，因为对法语语言的好奇，怀揣着深入了解法国历史文化的期待，我在大二做出了参加学校国际交换留学项目的决定，来到法国的沙托鲁市进行为期两年的语言学习。现在，两年交换生活早已结束，我也成了巴黎索邦大学的学生。回顾大学的时光，我也越来越确信自己在大一做了这个十分正确的决定。紧张高效的学习氛围，浸入式的语言环境，充满文化色彩和具有浓厚历史气息的异国风情……两年在夏斗湖的交换时光不仅给予了我优越的学习条件，也让我能够更为深刻地感受法国历史文化，深入对法国人文社会的理解和思考。而这些，都是留在国内学习无法接触到的。来到法国，来到沙托鲁，成为二外夏斗湖学院大家庭中的一分子，让我拥有了如今收获满满的留学生活。

一、中国外交形象的见证

2019 年 3 月 25 日下午，受大使馆邀请，我们夏斗湖学院全体师生有幸来到巴黎，和法国其他从各个城市赶来的留学生们一起欢迎我们的习近平总书记访法。站在巴黎大皇宫小皇宫之间，看着一队骑兵骑着马，在主街道整齐地站成一排。骑士长的一声令下，骑兵们拔出刀指向天空，于是在这庄严的仪式下，只见由一辆红旗车带头的一队车辆缓缓进入视线——在车中坐着的，就是我们敬爱的习近平主席。第一次，我心中产生了如此强烈的归属感。为了活动的顺利进行，在巴黎持续了近半年的黄马甲运动在这周第一次被明令禁止，并加大了安保力度。可以看出，这次中国国家主席的访问引起了法国的高度重视。这次欧洲国事访问，作为发展中国家的代表，中国积极在国际舞台上表现自我、传播自身积极正面的大国影响力，与欧洲各国都建立了良好的外交关系。

二、亲历法国

在法国，当某些方面的需求没有得到满足时，人们总是能够很快地聚集有着同样目的的群众，在公共场合联合起来进行抗议。今天因为油价太高而走上街头游行，明天由于工作时长过长而罢工……这些运动对于法国人来说并不算新鲜事。在几次大规模的破坏性运动后，黄马甲渐渐演变成每周例行的活动，每周六黄马甲的一番抗议后，一切在第二天马上又恢复如常。从高效率的恢复工作和法国人坦然的态度也能看出对于此类事件的习以为常。

大量的游行抗议活动导致很多公共设施遭到不必要的破坏；对于公民禁枪管理的宽松态度致使恐怖袭击接连出现，引起公众恐慌。自由和民主皆是相对的，有些人珍惜和利用这项权利的同时也必然会有人滥用它。相比较而言，生活中祖国为我们提供的安全保障——严格的禁枪令等，为我们免除了很多难以预料的危险与隐患。

我真切地感受到了自己祖国的伟大，而在学有所成后能回国为祖国贡献一份微薄力量的愿望好像也不再是那么空洞的一句口号，而是被赋予了真实的、厚重的意义。现在的我热切期盼着在法国学成后回到祖国、报效祖国的那一天！

三、不太平的 2020

疫情发生后，在多数法国人的不理解和声讨声中，法国总统马克龙在 3 月 12 日晚上的讲话中终于宣布，法国成为暨意大利、丹麦等国家之后又一停课停工的欧洲国家，并在之后将陆续发布各项限制出行和聚集活动的指令。对于绝大多数法国人来说，新冠病毒所带来的疫情与每年冬天的流感并无异同，甚至还不及流感严重。的确，截至当晚，新冠病毒的致死人数是比流感少的。起初，他们对法国总统的决定嗤之以鼻，认为这是小题大做。

一方有难，八方支援，不分国界。在中国处于水深火热的时候，法国等多个国家纷纷捐助了口罩等应急防护物资；而当现在中国逐渐控制住疫情，其他国家深受其害时，中国也毫不犹豫地伸出了援助之手，提供一批又一批先进的医疗设备，应急物资甚至是专业的医护团队。看着国与国之间在危难面前互相支援、共渡难关的情形，我更加体会到了人类命运共同体的含义。去国外读书，除了能够受益于语言环境、优质的教学资源，更重要的是能于每天无论是学习还是日常生活中将文化的概念具象化，从方方面面理解和阐释其内涵。这是这两年留学所带给我的最大的收获。

我希望毕业后我能够成为一名文化传播者、沟通者，运用我所学的语言和在法读书时对法国更为深刻的文化认识，做一名为促进中法两国合作交流发光发热的小使者。而为了这个梦想，我也将继续不断地努力着。

作者简介

李雨晴，北京第二外国语学院2017级英语学院学生，大二参加学校的夏斗湖留学项目来到法国沙托鲁市进行为期两年的学习，大四申请到巴黎索邦大学LEA（应用外语）专业进行本科最后一年的学习。2021年7月本科毕业，研究生期间继续在法国索邦大学深造。

（指导教师：郝钰）

摩洛哥留学归国感想

中东学院　常星浩

2019年10月28日，我通过国家留学基金委的政府互换项目和同行的9人一起来到了摩洛哥首都拉巴特，开启了为期10个月的国外学习生活。临行前家人和老师的叮嘱与担心让我在兴奋的同时多了一份忐忑，因为毕竟要真正地一个人在国外处理一切包括生活和学习上的事情。但是这几分不安在同学的陪伴和驻摩使馆文化处的工作人员的帮助下逐渐消除了。带着压力和好奇感，我与同行的两位研究生同学一起走进了穆罕默德五世大学文学院，最终根据学院的要求确定了我们必修的四门课程，从此老师的课堂上多了三名中国学生，我们通过课堂交流学习提升了自己的外语水平和文学积累。

一段时间之后，我逐渐地适应了在摩洛哥的生活，也结识了一些来自摩洛哥各地的朋友。这些朋友中有不少都是在孔子学院学过汉语的，而我和他们的相识大多数情况下也是从他们口中的那句"你好！"开始的。无论是在学校里和遇到的同学交流，还是在出租车上和出租车司机攀谈，一提到"中国"，他们的言语间就会流露出一种抑制不住的激动，当我问他们对中国了解多少的时候，通常他们的答案都会是相同的内容："我家里用的东西几乎都是中国制造，从毛巾到电视再到手机，全部都是。"听到这些，一种从未有过的自豪感油然而生。中国与摩洛哥相距一万多千米，在这么遥远的国度还能够在民众生活中如此亲切地感受到祖国的存在，又怎么能不自豪呢？

新冠肺炎疫情的发生给世界各国民众的生活都带来了许多困难。新冠肺炎疫情在国内发生的那段时间，一些欧美的媒体对疫情大肆渲染，从而误导民众对亚洲面孔产生了更多的排斥心理，甚至有部分中国留学生在校园里遭到歧视，不少留学生也因此更加担忧在国外的留学生活。可是，在摩洛哥我遇到的情况并未像想象的那么糟。新冠肺炎疫情在国内发生的那段时间，我虽然是正常外出，但是多少还是有些顾忌。印象最深刻的一次是在一天晚上去电车站的路上，当时已经是晚上九点半左右了，迎面走过来一个人，直接问我："你是来自中国吗？"当时我的第一反应是害怕，但是随后我立马就说："是的，我是中国人！"任何情况下，我都会以作为一名中国人而由衷地骄傲。同时，我已经做好了接下来的准备，但是他接下来的话确实让我有些意外：真主赐福你们，加油，一切都会好的！当听到这句话时，我内心一颤，心里说了一句："祖国加油！"

在国内疫情逐步得到控制的同时，国外的疫情却逐渐加重，摩洛哥也不例外。摩洛哥卫生部宣布 3 月 20 日下午六点整进入"卫生紧急状态"。其实，在这之前，摩洛哥教育部已于 2020 年 3 月 13 日（周五）宣布由于新冠肺炎疫情蔓延，决定从 3 月 16 日起全面停课，复学时间待定。自此之后，我所在的拉巴特就已经开始出现居民大量购买生活必需品的现象，相信大家也在各种关于国外疫情报道的新闻中看过不少下面的场景：

随后，2020 年 3 月 19 日晚，摩洛哥内政部宣布：为了控制新冠肺炎疫情，从 3 月 20 日下午 6 点开始，摩洛哥将进入"无限期"的卫生紧急状态。这也意味着：民众的日常活动将受到限制，出行须持有官方出行证明。如有违反管控者，将被处以 1~3 个月监禁或 300~1300 迪拉姆（约 205~895 元人民币）罚款，为了保证按时进入和维持卫生紧急状态，摩洛哥军方提前在各大城市的主要道路部署了装甲车。这样的措施使得我们这些在摩洛哥留学的外国学生的生活变得更加不易。在当时的情况下，我们只能暂时选择留在学生宿舍，并积极与中国驻摩洛哥使馆文化处负责我们留学生事务的负责人联系。经过使馆的协调，最终让我们得以搬离学生宿舍，在使馆的帮助下，我们一行政府互换项目的公派留学生得以从学生公寓搬到了位于拉巴特的中国文化中心暂住。

面对未知的恐慌，大家的反应都是一样的，但是进入"卫生紧急状态"后，生活在拉巴特的我并没有感觉到周围的人对疫情恐慌的持续，生活中唯一改变的，就是街上的人少了，比平时更安静了，巡逻的警车多了，此外，也增加了军队的装甲车。出门买菜，看到巡逻的装甲车队的军人戴着口罩，但是在为数不多的行人中，戴口罩的人很少，大概是因为街上人少，大家觉得不可能发生近距离接触感染吧。平时外出基本都是去超市买，由于超市内部限制顾客人数，所以超市外边会有一定数量的人排队，但是不多，而且超市内部的各种商品都很齐全，之前被抢空的货架也被补齐了，尤其是面粉货架，除了货架上的，还在旁边的地板上放了好多，超市的潜台词应该是：不用抢购，面粉你是买不完的。

同时，在摩洛哥艰难抗疫期间，2020 年 3 月 23 日，中国贵州省援助摩洛哥抗击新冠肺炎疫情的医疗物资抵达卡萨布兰卡。这批物资包括 15 000 双医用手套、20 000 只 N95 口罩和 2000 件医用防护服。在这之后，中国又向摩洛哥捐赠了新冠病毒核酸检测试剂盒和急需的抗疫物资。当我们回国前在摩洛哥国家卫生研究所做核算检测的时候，我们看到了试剂盒箱子外的五星红旗标志。这对于身在异国的留学生来说，不仅是一份来自祖国的关怀与慰藉，更是一种激励，让我们更加坚定地努力完成学业，为中外友好交流贡献出自己的一分力量！

自疫情在国外暴发以来，我在拉巴特的主要感受是：身边的拉巴特居民并没有因为疫情而过度恐慌，除了外出受限和之前的一阵抢购风波之后，生活并没有太大的变化。阳光还是那么的舒服，只是街上的人少了，在家中阳台上晒太阳的人多了。然而，彼时身在摩洛哥经历疫情的我，令家人和老师担心，他们经常打电话问候我，同时，中国驻摩洛哥使馆也时刻关注着我们留学生的状况，并对我们公派留学生提供了一些必要的帮助和指导，发放抗疫健康包。同时，我也尽量减少出行，注意防护。最终，在使馆和各方的帮助下，我顺利完成了留学任务，于 2020 年 10 月 8 日回到了祖国的怀抱，并在完成隔离之后回到了学校。

感谢国家留学基金委提供的出国留学的机会，感谢父母、老师、同学的帮助和指导，让我在 2020 年这极不平凡的一年里获得了意义非凡的成长！

作者简介

常星浩，北京第二外国语学院中东学院2018级阿拉伯语语言文学专业硕士研究生，2019年摩洛哥政府互换项目的联合培养硕士研究生，于2019年10月底至2020年9月在摩洛哥穆罕默德五世大学文学院进行了为期10个月的交流学习。

（指导教师：张丹丹）

法国留学感想

旅游科学学院　孟圣杰

今年是我在法国留学的第二个学年了，相比较去年我已经变得老练多了，不光在生活上更加得心应手，而且可以帮助带领新来的学妹了。不过细数下来，这一年的磨难并不比刚来的时候少，学习内容难度的攀升，欧洲疫情日渐严重，自身未来的发展方向也亟待考虑。为了总结第二学年的这些经历，下面我将从以下几个方面汇报自己留法以来的简单情况。

一、思想政治方面

思想主导行为，因而政治理论学习十分重要，它决定着一个人的人生态度，身处国外，更加感受到家、国的温暖，自己与祖国荣辱与共，让自己更深刻感受到祖国的伟大，感受到作为中华儿女的自豪，更加热爱自己的祖国。

在这一年，让我感受最深的是经历的两件大事，一是祖国 70 年大庆，通过阅兵仪式，展我国威；二是面对正在发生的全球新冠肺炎疫情。通过新闻媒体和几节关于疫情的视频课程，让我更广泛地了解了祖国应对疫情，处置果断，方法得当，及时有效控制了疫情，得到了世界卫生组织对我国战疫情的肯定与赞叹。

世界卫生组织总干事谭德塞 2 月 12 日强调，世卫组织认为，中国所采取的病毒防控工作高效、有序，在全世界抗击疫情的行动中发挥了重要作用。同时，世卫组织一直呼吁各国领导人在公共卫生挑战面前展现足够的领导力和政治意愿，而中国在这方面的表现值得其他国家学习。

这次疫情防控，我国借鉴以往防治传染病的经验，整合全国资源，万众一心，众志成城，对一个上千万人口的武汉实施封城，组织全国各地医生、护士、军人、志愿者支援武汉，不计投入成本，历经 76 天，4 月 8 日武汉解封，及时控制住了疫情。我们成功了，为了人民的健康，我们党和政府不计较经济损失，即使是这样，也不忘为我们这些身处异国的留学生发放健康包，彰显了我们制度的优势。

在中国疫情得到控制的今天，中国以外的国家疫情却加重。西方某些国家对疫情控制不力，不检讨自己的原因，却把责任推卸给别国，病毒污名化，抹黑中国，搞种族歧视。我们国家展示出大国风范，奉行习近平总书记在十九大报告中提出的“构建人类命运共同体，建设持久和平、普遍安全、共同繁荣、开放包容、清洁美丽的世界”，主动伸出援助之手，对多国进行人力物力抗疫支援。

疫情初期，我国实行武汉封城，全国隔离，隔离落实到每户、每个社区、每个村，西方认为我们的做法是限制人身自由，事实证明我们采取的措施是有效的。在抗击这场疫情的过程中，我们的祖国向世界展示了自己中国共产党的强大领导力、中国人民的民族凝聚力和医疗卫生方面的强大。

习近平总书记在党的十九大报告中指出“青年兴则国家兴，青年强则国家强。青年一代有理想、有本领、有担当，国家就有前途，民族就有希望”。作为一名大学生，深感我们的责任重大，一定要努力刻苦地学习，牢固树立正确的世界观，肩负起国家和人民赋予我们的重任，用最先进的科学技术知识和人类的灿烂文化武装自己，做一个有用之人。

二、学习方面

（一）法语类课程

第二学年的课程，与第一学年相比有了一个阶梯性趋势的提升。法语课程不再是基于语言的基础能力（如语法、语音、听力等）展开了，而是开始更深层次地挖掘法国文化，我认为最有挑战性的是法国文学课。露西老师主要为我们讲的是 19 世纪的欧洲文学，也是法国的一个辉煌世纪。她带我们拜读了莫里哀、司汤达、巴尔扎克、大仲马、雨果、福楼拜、左拉、莫泊桑等文学巨匠的原版著作的片段，他们的许多作品都是世界文学的瑰宝，都极其有思想深度。此外我们还进行了法语版的“诗词鉴赏”，这对于我来说是一种挑战，但是这让我有了一种成了一名真正的法国学生的感觉，每完成一次作业就会有很大的成就感。

（二）专业类课程

这一整学年的专业类课程可以说是不太寻常了。在上半学期，我们有幸获得了英国萨里大学两位教授和法国奥尔良大学教授的精品小班教学课程。于我而言收获极其丰厚，因为在这些课堂上我不光体验到了不同国家的教学风格和理念，更是对所学课程的内容产生了极其浓厚的兴趣。此外，通过课下与老师的交流中我也获取了一些对我个人未来发展的意见和建议，可以说是意外之喜。而这下半学期由于疫情影响我们的课程改为了线上，这一改变让我感觉到学校老师的热诚。李朋波老师每周特意为我们录音讲课，非常及时地反馈我们的问题和上交的作业（每次都是当天反馈），大家的态度也跟着积极认真起来了。我觉得这位老师即使不在身边，也可以以朋友、向导的身份伴于左右。

三、生活方面

对于这一方面我可能是感触最深的。虽然承蒙学校的悉心照顾，还是真真切切地感受到生活不易。疫情期间作为学生，为了保护我们的安全，学校做了很多的努力。

现在，一切都好起来了，我国有“祸兮福之所倚”的说法，好坏并不是绝对的，但是乐观看待生活是绝对的。

当父母不在身边，有些需求无法被满足的时候就会自己行动起来。现在我置身于舒适圈之外，得到了这个契机，掌握了我认为最重要的三个能力“独立”“自立”“自控”，即是否具有生活能力、是否具有独自决断挑战困难的能力和是否具有自我控制情绪、树立正确价值观的能力。每一种都不是可以从书本中轻易获取的，所以我认为其价值要比我所学到的文化知识还要高。

这两年在夏斗湖我看见身边有一些很厉害的人，他们不光有目标，而且有能力将其实现。我并不是一个能特别坚定、特别豁得出的人，但是即便如此也会向着自己的目标不断努力。

作者简介

孟圣杰，北京第二外国语学院旅游科学学院 2017 级本科生，2018 年 9 月至 2020 年 6 月在法国夏斗湖学院学习。

（指导教师：黄筱）

青年兴则国兴，青年强则国强

英语学院　曲晓彤

青年兴则国兴，青年强则国强。作为千禧年代的海外留学生，我们既是追梦者，也是圆梦人——追的是自我价值的实现，圆的是中华繁盛的理想。百年之前在浙江嘉兴的一叶小舟上诞生了中国共产党，百年之后世界各个角落都能看见华夏青年的身影。

毛主席曾说："中国的青年运动有很好的革命传统，这个传统就是'永久奋斗'。"从五四青年至如今无数为家国理想而奋斗的新时代领班人，年轻人一直是中华民族复兴征程中朝气蓬勃的中坚力量。这些身影不仅在校园中挥洒青春，同时在戍边卫国的岗位上、在改革攻坚的前线、在遍布五大洲的孔子学院里也书写着独属于千禧一代的历史篇章。

但是百年太久，我们只争朝夕。三年前的我第一次独自离开祖国，踏上他乡的土地。儿时的我曾幻想独当一面，消除近代东西方多年积攒的隔阂。少年时的我又曾笑谈儿时的天真，时代背景下的疏离怎是一个少年所能动摇的呢？如今作为一名曾游历多国的青年人，我逐渐明了，华夏青年人是一个凝结的整体，我们虽无法彻底磨灭这鸿沟，但却能够做出巨大的改变，用共同体的力量接过华夏振兴的历史接力棒。

在海外游历的三年时间，我在感受文化冲击的同时也得以培养自身家国情怀。或许是"举头望明月，低头思故乡"的怀念之情，或许是强烈的民族自尊心，海外留学生们总会在他乡意识到深深烙印在自己身份认同感中的东方印记。习近平总书记曾说，热爱祖国是新时代中国青年的立身之本、成才之基。短短一句话，承接了党和国家对培育当代青年家国情怀的期盼。在我看来，我们这一代既要讲好中国故事，又要明时代之德，把爱国情、报国志转化为实际行动，将家国情怀作为颜料，在我们砥砺前行的过程中挥毫泼墨，挥洒属于东方的青春底色。

犹记得当老师和同学在课上分析国际形势时，虽然大家各抒己见，但大部分同学都表达了对中国发展进步的认可和肯定。我第一次切实地感受到祖国飞速发展给所有海外华人带来的骄傲和自豪。百年之前的华夏民族尚处在水深火热的转折点中，谁能够预料到百年之后的我们在共产党的领导下，排除万难、直面来自世界各国的质疑，已经可以和众多西方资本主义发达国家的实力相提并论了呢?

经过在法国三年的学习，我得以从更加客观的角度分析我国和海外思维模式及制度的不同。所谓“自由民主”也需要和“自私利己”区别开来，我国的“专政制度”也是以人为本的“人民民主专政”。其实两种不同制度的根本区别在字面上就可以看出:“社会主义”是以“社会”发展为主，而“资本主义”则一切以保护发展“资本”为重心。这几十年来东方的迅速崛起和中国人民的安居乐业印证了社会主义制度的可靠性。而故事的源头就是那条嘉兴小船，如果没有彼时勇敢的青年，此时取得的一切都是无稽之谈。

以教育制度为例，大部分西方资本主义国家采取“精英教育”制度，仅有处于金字塔顶端的、拥有资本的精英阶层才有机会接受高质量教育。当然，这也顺应了其社会阶层固化的需求，保障了已有资本的稳定。但是在中国，来自全国各地的高中生，不论阶层、不论资本，都站在高考同一起跑线上努力考学。政府不仅保证大学学费低廉，少部分学生还会获得奖学金、助学金的补助。中国青年的整体趋势是向上的，因为我们知道，只要努力就会得到回报。而在一部分发达资本主义国家，平民阶层的学生自小学开始就无法接受和贵族私立学校相提并论的高质量教育，也无法缴纳大学昂贵的学费，之后的人生更是与精英阶层千差万别。或许这就是独属于中国新时代青年的“中国梦”。

白驹过隙，大学三年的时光匆匆逝去，这一晃竟眼看着毕业的日子越来越近了。说来也巧，这四分之一份里的每一年都是一个全新的挑战。自 2017 年开始，我第一次离开父母来到北京读书，第一次开始独立生活；大二时来到夏斗湖，从零基础开始学习法语；大三的我有幸进入法国奥尔良大学学习 LEA（应用外语）专业，正式成为当地的注册学生。企业策划方案、管理技巧、协商沟通……每一门课程、每一位老师都拓宽了我的人生广度。

无论我站在世界的哪一个角落，心里想着念着的，其实还是家乡。这个世界有太多的奇迹和美好，太多的故事和传奇，可是我们的家始终只有一个。虽然我们的困难很多，但是在这个历史机遇下，可以做非常有意义的事情。其实我们在海外留学期间所学，点点滴滴都在改变着这个世界，都是人生很宝贵的历练。而且，作为世界人口最多的国家，和平崛起和发展对整个人类的进步是有着巨大的意义的，而我很荣幸，这中间也有我的足迹。

留学三年，尾声将至，无论是飘着纸墨香的成绩单，还是那些无法丈量的心理成长，脚踏实地的耕耘付出和令人流连忘返的游学之旅，都是把握青春、拓宽人生的成熟蜕变。留学带给我珍贵的财富，这份宝藏里有祖国母亲面对危机时的临危不惧、冷静沉着，有血脉里流淌着的荣誉感，有不负各方支持与信任的使命感。出国不是随心所欲，而是自律自强；不能乐不思蜀，而应回报祖国。以此为基石，路漫漫其修远兮，我将携温暖与感动、青春与热血、赤诚与斗志上下求索。此间感悟，珍重一生。

作者简介

曲晓彤，北京第二外国语学院英语、法语专业，大二、大三期间在法国奥尔良大学交流学习对外法语教学，大四期间在巴黎高等跨文化管理与传播学院学习国际策略与外交。

（指导教师：郝钰）

陌上花开

欧洲学院　郑素兰

那个明媚的下午，整个世界仿佛被蜂蜜所裹挟，泛着暖暖的黄光。那些奇形怪状用大理石堆砌的建筑，那些弯弯曲曲的小路，那些来来往往的人群，还有一个站在人群中迷路的中国人，呆呆地感受着周围的一切，一切异国他乡的新奇。

在街道上行走，亚洲面孔仿佛更容易引起他人的注意。初来乍到，又是独身一人，对所有的一切他都表现得非常谨慎，对陌生人尽量表现得有礼貌、谦逊。就如当他向售票员购买车票时，表现得极为得体，但是他却听到售票员反问："vous êtes Japonais？""您是日本人吗？"当时他愣了一下，但随即回答道："我是中国人。"当时他并不知道，"我是中国人"这句话，他之后将在法国学习的日子里反复提及，有时是为了告诉他人自己的国籍身份；有时是为了维护中国人的利益；但更多时候是为了不断地提醒自己。

班上的同学仿佛对中国有着无穷的好奇心：好奇中国学生的校园生活、娱乐活动，好奇中国的风景、文化等。但与法国同学深入交流后他发现，由于国与国之间交流的隔阂，以及媒体对中国的报道并不全面，法国同学对于中国的了解并不深入，只是停留在一个较浅层的层面。其中一些对中国文化非常感兴趣的法国同学，他们则通过各渠道搜集有关中国的信息，对中国的文化以及现代中国的发展给予高度赞扬。整体而言，他所接触的法国同学们对现代中国有着较为客观的评价和认识。得益于国内学习的专业知识，他的法语还算不错，每当与法国同学讨论有关中国的问题时，他尽量客观准确地向对方介绍真实的中国。有时候产生隔阂和误解的原因在于信息不透明，而他想成为信息传递的通道，让更多的法国友人了解、接触到真实的中国。

留学期间他认识了一名学习语言学的中国女孩，从她身上他看到了中国留学生很多美好且不可多得的品质：可爱、真诚、善解人意、乐观开朗，对学习有自己的思考与选择，虽然偶尔看到她也会迷茫，但是内心总是相信她，凭借她的努力，脚踏实地，可以一步步在迷茫中找到自己的方向。他一直很庆幸能够遇到这个女孩，让他在这个陌生的国度感受到了家人的温暖。或许在众多的留学生中，这个女孩只是普普通通的一个，其他留学生可能也像这位女孩一样拥有上述美好的品质，也有一些非常果敢的留学生，在面临他人对中国不合理的评价时，据理力争，为中国正名。那时他就明白，在国外，身为中国人的含义，自己的一言一行在国际友人眼中就可能变成中国人的一言一行。也了解到因为信息传递不全面，导致一些国际友人不能对中国进行客观地评价。少年强则国强，一个个留学生组成了学校华人整体，在品质行为上会形成类似的表面特征。如何正面向他人传递中国形象，需要依靠各个留学生的努力。

一次在厨房做饭时，女孩突然意识到，从中国到法国，或者从中国到其他任何国家学习的学生，一定程度上是相似的，甚至可以跨越时间的鸿沟。中国早期为振兴国家的先辈，不辞万里，通过漫长的海上游行到异国学习先进知识。那时的他们也只是刚刚长大的孩子，20 岁左右，但为了国家的振兴，跨越山和海的距离去为中国的未来探索道路。或许，先辈们也曾经历过刚到某一国家的文化休克，水土不服；或许他们也曾笨手笨脚地学习购物，学习做饭；或许他们也曾内心敏感时常为不知如何融入异国他乡而感到孤寂，但最终因心中怀有崇高的信念而坚持了下来。这样的流程一年又一年、一代又一代地上演，留学生们仿佛都在做着同样的事情，秉持同样的本性，但又由于新生一代生活环境的不同，又与留学前辈有不相同之处。以前，他强我弱，是为了师夷长技以制夷，如今势均力敌，是秉持一个平等交流的理念，相互学习。如今中国在国际上的声望越来越高，留学生更应坚守本性，为中华民族的中国梦而学习、奋斗。

他非常喜欢“陌上花开，可缓缓归矣”这句话。这本是一君王为表达对爱妻的思念之情而书写的句子，但读者对于文章的想象是无穷的，为何不能将“陌上花开”解读为中国现如今国强民富，在各个领域都取得了斐然的成绩，如盛开的花朵一般，等着“蜂蝶”来，等着“蜂蝶”缓缓归矣。如今科技的高速发展使得交通工具极为便捷，各个国家都变成了地球村的一部分，各领域的交流也日益频繁，但在各国的发展中，在近两年疫情的冲击下，中国依旧能够在经济上正方向增长，在航空航天事业实现重大突破，在应对新冠肺炎疫情上表现出一个大国应有的担当，并且快速研制出新冠疫苗，全民免费。中国，“这边风景独好”的风光世界都在见证。这一系列的存在无不告知我们生于华夏之家何其有幸！

二十载风雨兼程，陌上花已开。

作者简介

郑素兰，北京第二外国语学院欧洲学院2018级法语语言文学专业在读硕士研究生，曾于2019年至2020年留学法国。

（指导教师：刘洋）

爱国之情心永驻　学成归来报祖国

中东学院　李可欣

怀揣国家情怀，不辱使命，在 2019 年 12 月，刚刚成为入党积极分子的我，踏上了前往土耳其的留学之旅。在 7 个多月的留学生涯中，我带着作为入党积极分子的使命，在土耳其认真刻苦学习也传播着属于我们的中国声音。

在出国前夕，我们院党委书记以及辅导员老师，对我们进行了相关的思想教育、出国前动员。作为当代大学生，我们肩负着使命，现在是“两个一百年”奋斗目标实现的关键时期，正值青壮年，我们已成为建设祖国的中坚力量。为了适应并推动全球化的发展，我们需要成为具有深厚的中华文化根基、通晓国际规则的国际化人才。两位老师向我们强调，我们作为小语种学习者，应该做到在实现中华传统文化和现代科技文明有机结合的基础上，传递中国声音、讲好中国故事、传播中国文化，在国际舞台上发出掷地有声的中国主张。

在留学期间，我们谨记两位老师对我们的教诲，每当我们被询问有关中国的问题，或是好奇，抑或是挑衅，我们都心平气和，同时耐心且真实地讲出实情，向外国友人讲述一个真实的中国，讲好真正的中国故事。我们牢记身为外语类人才，要发挥出自己的优势，在留学时，每次课程需要我们自己做 PPT 介绍我们的国家之时，我们都会认真对待，向大家展示我们的国家风貌以及深厚的文化底蕴。

在疫情发生之时，辅导员也同我们进行联系以及进行相关的思想教育。在远程的视频教育中，刘老师对我们说，疫情期间要保护好自己，要在保证自身安全的情况下尽我们所能消除外界对我们国家的误解。在接下来的学习生活中，每当有人或善意或带有其他感情色彩询问相关问题时，我们都会尽我们所能，将真实的情况告诉他们，消除不必要的恐慌。在土耳其疫情暴发后，我们积极响应学校安排，做到不慌乱、不乱跑，保证自身安全，同时认真学习，完成学业。在此同时，院领导对我们留学生关爱有加，实时解答我们的问题，并进行心理疏导，为我们疫情下的留学生活带来了更多的温暖。

正如习近平总书记所说，“支持留学、鼓励回国、来去自由、发挥作用”，我们每个留学生都肩负着强烈的使命感。在 2020 年 7 月，学业完成之际，我们有序回国。在回国前夕，学校嘱咐我们注意自身安全，回国时，服从国家工作人员的安排。在回国旅途中，我做好自身防护，在机场遇到需要帮助的中国人，也会发挥我们小语种学生的优势，主动帮忙翻译以及提供帮助，将我们二外和中东学院互帮互助的美德牢记在心，外化于行。回国后，我也牢记我们当代青年人的使命，以及学院老师的无私奉献精神，主动整理了回国攻略，并分享在相关平台为各位海外侨胞送上我力所能及的帮助；并接受了央视记者的采访，让大家看到真实的海外留学生回国场景，消除偏见。

回国后，我们进入了更为紧张的大四学年的学习生活。作为当代小语种学习者，我们努力为国家做着我们的贡献。我们积极学习如中国国际广播电台等主流媒体中，对习近平总书记发言的土耳其语翻译，以及中国重大事件的土耳其语报道，进行了深入研究学习，努力用土耳其语正确且及时地讲好中国故事，塑造好中国形象。

当今世界，日新月异，瞬息万变，中国作为世界发展潜力最大的国家，发展势头稳定，国际化程度越来越高。因此，作为中国留学生，我们在学好专业技能的同时，也要做到如下几点：

不忘初心，牢记使命。中国留学生的初心和使命，就是“成为可堪大任的优秀人才，把学到的本领奉献给祖国和人民”，这也成为一代代中国留学人不断前进、继往开来的根本动力。当今中国，处在“两个一百年”奋斗目标的交汇点，世界处在百年之未有的大变局，只有准确把握分析我国发展阶段、环境、条件变化、看清变局本质和发展大势，顺势而为，谋事而动，提升危中寻机，化危为机的能力，沉着应对变局，开拓新局，集中力量办好自己的事，推动形成新发展格局，才能牢牢把握化危为机的主动权，为不确定的世界增加确定性。青年是国家的希望，民族的未来，我们应该带着勤奋和勇往直前的奋斗姿态，努力成为国家的栋梁之材，回国报效国家，投身新时代的社会主义建设，为实现中国梦不懈努力。

有理想、有本领、有担当。2020 年是对中国人民至关重要的一年，2020 年，中国实现了全面脱贫，完成了脱贫攻坚任务。中国留学生远赴重洋，是追求新理念、新手段和新技术，将所学的知识和中国发展的需要所结合，将个人的人生理想和国家命运紧密相连，坚定前行、矢志不渝。这就要求我们留学生在国外学习期间要认真钻研知识，提升自己的综合能力，将自己所学本领和当下实情相结合，学以报国，为国家发光发热。我们要通过不断积累知识、增长本领、丰富阅历，一步一步地实现自己的人生梦和国家梦。与此同时，我们还要肩负起时代的使命感和责任感，直面困难，用我们的实际行动书写当代留学生的新篇章。

作为海外留学生，我们要牢记习近平总书记的教导和人民的期望，发扬我们民族的优良传统美德。作为二外人，作为中东学院的一分子，我们也要发扬周总理对我们的嘱托，发挥好我们小语种学习者的优势，讲好中国故事，传播好中国声音，向世界展示一个更为真实的中国。最后，我们要把爱国之情、强国之志、报国之行融入中华民族伟大复兴的壮阔奋斗之中，更好地为祖国和人民贡献自己的智慧和力量。

作者简介

李可欣，共青团员，北京第二外国语学院中东学院土耳其语专业 2017 级学生，于 2019 年 12 月赴土耳其留学。在校期间成绩良好，曾任学院新媒体中心官微部副部长，小森林手工社社长。

（指导教师：张丹丹）

与疫情相撞的留学之路

英语学院　沈媛

在如今的汉语体系中，留学生已经不再是一个单薄的标签，中国百余年的留学事业让它有了更深的厚度，蕴含了更多的象征意味。历史长河中的留学生们，继承了千百年的中国传统和文化，在东西方文明的熏陶下，以更加开阔的眼界，更科学理性的思想，为中国的近代化、改革开放乃至现如今的现代化发展做出了不可替代的贡献。而秉承着爱国主义、家国情怀的留学生们从根上是以成才成长为使命的中国学子。他们注定与祖国魂牵梦萦。家国情怀自古便深深扎根在每一个中国人的内心深处，个人与家国息息相关，有国才有家，有家才有可能实现一个人的美好梦想和远大追求。幸运的是，在2020年初，我也能以一名交换生的身份，怀揣着成才成长的使命去往英国进行留学学习。在海外留学期间，由于恰逢国内外疫情发生，困难重重之下，我也愈加体会到家国情怀在此时此刻特别的重量。

在海外学习，重中之重便是那份特殊的学习经历。周总理曾言要为中华之崛起而读书，而如今的留学生更多的则是要怀着成长成才并最终建设祖国的理想去学习。我所学的课程中有一门与跨文化交际有关。在深入学习之后，我能更加透彻地体会到中国文化传播之不易，也对未来我们运用其中的理论来更好地为中国做宣传有了一定理解。这也许只是我个人的一点小小的收获，没有太大的能量，但若能有一点提升也是对国家的贡献。我所经历的是一个极其特殊的留学时期。由于疫情在国内外出现，原本的留学生活不再同往常一样。疫情初期，身在海外的中国留学生们组织了多次对国内的捐赠活动。在留学生所在的校友群中，也会有各方组织的口罩捐赠活动的相关消息出现。在疫情于国外暴发之后，我们也能感受到二外对留学生无微不至的关心，会时不时有回国进度的询问，会关心学生自我隔离时的身心状况等。“江水三千里，家书十五行。行行无别语，只道早还乡。”新冠肺炎疫情正在海外迅速蔓延，对不少海外学子来说，回家就是当下最热切的渴望。国家曾专门安排临时航班先后从伊朗、意大利转运确有困难的人员有序回国；中国驻埃塞俄比亚、柬埔寨等有关国家使领馆帮助受影响的海外学子安全返回国内。而对于无法立即回国的留学生，国家也提供了健康包，这无疑是一剂强有力的定心针。面对来自国家层面的牵挂，作为一名当时独自在海外进行自我隔离的学子，心中涌现的，是更加炽热的爱国情怀，是回国后对祖国更加深沉的爱意。

此次留学经历，能让我，也能让所有的留学生们看见：国家始终是海外留学生的坚强后盾。海外留学生无论回来还是不回来，国家都会关心。这种关心不是简单寒暄，而是提供真正有价值的帮助。未来中国的发展需要更多的人才，也欢迎广大留学人员与人民一起奋斗，一起拼搏，这样，就一定能为实现中华民族伟大复兴的中国梦书写出更绚烂的篇章。而我也将带着留学经历后那激扬的爱国主义情怀，做中国文化坚定的传播者，为祖国的未来增砖添瓦。

作者简介

沈媛，出生于1999年2月24日，生源地浙江，就读于北京第二外国语学院，为英语学院2017级学生。于2020年1月至6月参与了英国朴次茅斯大学交换生项目，3月中旬英国疫情暴发后在英国开始网课至交换生项目结束。

（指导教师：郝钰）

留学路上的诗歌

中东学院　潘梦歌

作为非通用语语种学习者，出国留学是必经之路。一方面，语言环境的熏陶会大幅度提高口语交流水平，摆脱“哑巴”困境；另一方面，置身于当地是了解该国文化、社会、政治氛围的最佳途径，用自身经历去构建真实的对象国形象。

当出国这件事真的安排进我的计划本时，对陌生的担忧是在所难免的，但也有些许第一次出国带来的兴奋与激动。老师们也很担心我们15个人的生活，外教为我们展示伊朗的钱币，讲述伊朗的风土人情与禁忌习俗；中教去询问了待在伊朗的朋友，将超市、银行、美食等各类有用的信息列在表上，叮嘱我们多看。出发前一天，书记、辅导员、班主任将我们召集在一起，组建了伊朗留学小组，开始了新一轮的叮嘱。尽管这时候我们已经成年，但其实在老师眼里，在老师的话里行间，我能感觉到我们还是需要好好看护的小孩，但孩子必须独自去面对风雨才能茁壮成长。电话线很长，一头接着北京市朝阳区定福庄南里1号，一头连着德黑兰市古德斯街6号楼。

在伊朗的几个月，我能深刻地感觉到稚气正从我们身上褪去。我相信到伊朗的第一天绝对不会从任何一个人的回忆里消失，那实在是过于漫长的一天。我们15个人在街上总是格外引人注目，15个异国脸庞，集体出发，集体回寝。陌生的环境的确会让一个人快快长大，但或许是因为我们在一起，每个人都可以成为每个人的依靠。后来在寝室楼的中国朋友的帮助下，手机上多了几个必备软件，就渐渐熟悉了当地的生活节奏：学校、寝室、超市构成了我们新的三点一线。

在德胡达语言中心的学习是非常美好的一次体验。我们碰到了优秀的老师，有研究自闭症患者的 Maria 老师，有总是笑呵呵的关心我们的 Zahra 老师，有放弃美国教职只是因为伊朗是自己祖国的 mehr 老师，有专攻鲁米的 Shahbazi 老师，有研究波斯散文的 nejad bahram 老师，也有看似不苟言笑实际上冷笑话满天飞的 Zamani 老师……我该怎么形容才能写出他们的万分之一好呢？学习波斯语，提高波斯语能力固然是重中之重，但与他们的每一次交谈都会让我产生新的看世界的角度，这种对人的性格或者说是认知层面的完善与重塑，是值得我在接下来的生活里慢慢去体会的。当然也不能不提我在这里交到的好友。我们来自不同的国家，为了学习波斯语来到同一片地方，开展波斯语学习交流，也进行思想上的碰撞。德胡达的课程大概是 40 天为一个学期，每个学期都有适合学生的课程，因为这个灵活性，许多留学生会利用假期过来或者作为一种游学方式。待在那的 6 个月，我一次次地跟朋友道别，学会了离开的方式。我们有时候也会自嘲是迎客松。不过离开本就是在所难免的，我们唯一能做的就是珍惜相处交流的时间。

与伊朗人的相处自然就只有在出租车、在超市、在菜市场、在马路上了。真的很害怕接到出租车司机打过来的电话，首先我是路痴，其次是听不懂司机说的话。我们的讲话方式在伊朗人看来是非常书面的，特别文绉绉的。就像你问某个人："在哪？"他的回答是："我正位于某某街，并未看到您的汽车。"所以我们学的最好的话其实是："就到我在地图上标的点那里。"上车之后，热情的伊朗人会跟我谈天说地，聊他的家庭，聊他的梦想，聊街上的建筑，夸奖我们的波斯语，有时还能碰到放《甜蜜蜜》的司机。我们在这样的聊天中，站在了了解伊朗社会及普罗大众的台阶上，惊叹于他们的积极乐观，唏嘘于他们的艰难生活。这时候我就会想百年前的中国百姓是否也是如此生活，或是更为痛苦无助。这样的比较让我越发乐观向上，越发珍惜自己的生活，越发理解国家强盛的弥足珍贵。

我知道当苏莱曼尼将军死亡的消息传到国内时，家人、朋友、老师彻夜未眠担心着我们，害怕战争一触即发，害怕我们碰到危险。说实话，当时我并不害怕。生命只有一次，肯定需要用心呵护。但我相信国家和大使馆，他们在我们的身后守护着我们，他们就是我的力量源泉。后来伊朗政府开始关闭外网，我们无法与国内交流。具体的情况其实也记不太清，但我记得那天傍晚天黄黄的，之后月亮爬上来，照亮着我们的阳台，哭声喊声也沉寂殆尽。电话线重新被接通，不再与这世界脱节。

疫情的蔓延也是突如其来，猝不及防。当国内疫情得到控制时，一夕之间，伊朗患病与死亡人数指数型增长。学校停课，企业停工，在伊朗的我们陷入了时间的停滞。同学开始担心自身健康，有的孩子也发起了小脾气。国内的老师和领导也想法缓解我们的紧张，找了好几个自我防护视频让我发给同学。后来我们选择了连夜回国，有北京转运群，也有上海转运群。电话线再一次连接了我们，位置换成了北京和莫斯科。群里充满欢声笑语，时差仿佛从我们的世界里消失不见，但我知道其实还是老师想要时刻确保我们的安全，是老师们与学校领导深深的担忧。孩子在长辈眼前永远是孩子，无论我们年纪几许，无论皱纹爬到了何处。

留学生活是人生中的一段旅程。在这段旅程中，我们经历的或许比他人曲折，我们体验的或许比他人浅显，但是我们都认识了新的自己，也认识到了新的老同学，重塑了自己对外界的认知，改善了自己对外界的刻板印象。最重要的是，我们都格外想家，我们都分外怀念伟大美丽的祖国。

我们的留学生涯始于 2019 年 9 月 8 日，终止于 2020 年 2 月 26 日。一天一天的都是日子，留在人心里的却是不一样的时间跨度。有些是因为突如其来的意外让人如同惊弓之鸟，有些是因为内心满满的期待与兴奋而不自觉地缩短了时间。也不知道这 6 个月在这短短的一生中会不会留下只言片语，现在回忆时也已经觉得恍如隔世。但应该会有吧，在睡着的时候，在发呆的时候，在与朋友聊天的时候。如果我们都奔向美好的前程，那么这段时光就是锦缎上的耀眼牡丹。希望这段互相依靠的时间可以偶尔给予慰藉。

作者简介

潘梦歌，中共预备党员，北京第二外国语学院中东学院2017级波斯语专业学生，在校成绩优异，曾于2019年9月公派赴伊朗交换留学。在伊期间，作为伊朗留学小组成员，积极主动承担校级交流任务，处理留学对接相关事宜。

（指导教师：张丹丹）

心有祖国，一路从容

旅游科学学院　沈奇源

我深知如今是知识爆炸的时代，知识改变命运，我也从不敢落后。留学生活一直是我憧憬的，它固然辛苦，但对于开阔眼界和经验，学习与该国有关的语言、文化知识，锻炼生活独立能力都是有好处的。

夏斗湖项目，正是一个好机会，让我来到法国进行新一门语种的学习，感受欧洲文化的熏陶。

作为留学生的我们，虽身在海外，但心系祖国。而且，在来到法国留学的这一年中，我深深感受到作为一名中国留学生，有强大的祖国作为后盾的自豪感与幸福感。也正是因为祖国的强大，才能保证我这两年在法国的学习如此从容、顺利。

接下来，我将从思想政治情况、学习中的感悟、生活中的感悟和回首与展望这四个方面，一一进行汇报。

一、思想政治情况

（一）国内外疫情发生，务必带着一颗感恩的心归来

新冠肺炎疫情发生时，在异国的我们担心家里的情况，每天都要和父母长辈视频来确认一切安好，提醒他们戴口罩，多消毒。到现在，却是家里人每天都在担心我们的情况。在祖国，大家的防范意识都很高，很早就开始戴口罩，备物资。而在国外，会有外国人对于戴口罩不理解甚至反对，但是我们身处疫情之中，不得不做人群中“最靓的仔”，戴好口罩，保护自己也是保护别人。

如今全球新冠肺炎疫情迅速蔓延，现在这次疫情是全世界要共同面对的困难。中国政府没有丝毫的怯懦和迟疑，张开祖国母亲的怀抱，不抛弃、不放弃任何一位中国公民。

作为海外留学生，我们前段时间接到了法国大使馆发来的健康包，内心十分感激。

我坚信，如果我们需要帮助，中国政府具备救助我们海外留学生的能力，也能够给予海外留学生最大限度的支持。

远方疾风骤起，静待候鸟归巢。

（二）大使卢沙野一行慰问夏斗湖师生

法国当地时间 2 月 18 日 14 点，正在法国中央大区安德尔省进行访问的中国驻法国大使卢沙野一行，在当地政府官员、大学代表和有关工作人员陪同下，抵达夏斗湖中法国际大学城，看望北二外夏斗湖学院师生。

卢沙野大使听过北二外在法国办学的基本情况以及国内疫情发生以来夏斗湖学院的相关应对情况，说道，“此次重大疫情是对全体中国人民的挑战，坚信一向团结一致、艰苦奋斗的中国人民一定能够挺过难关”“同学们能做到健康学习、成功学习、安全学习，就是对祖国最好的贡献”。这也让我们吃下了一颗“定心丸”。

面对驻法使馆尤其是使馆教育处一直以来的指导、关怀和支持，老师与同学们诚挚地表示感谢。作为海外留学学子们，我们定当不畏挑战、砥砺前行，我们对中国共产党领导下的中国充满信心，相信中国会很快渡过难关，变得井井有条。我们也迫切希望能早日学成归国，加入祖国蓬勃发展的建设事业中去。

二、学习中的感悟

第二年在法国的学习比第一年感觉要适应得多，毕竟第一年以零基础来到法国，接受法国老师的全法语授课，注定是困难的。虽然我们还是要每天早早起床，前往奥尔良大学校区学习法语，傍晚回到二外夏斗湖校区开始英语课的学习，但是深深感觉自己对周围环境和学习节奏已经熟悉了，并不觉得疲惫，而是十分充实和快乐。

法国的课堂更多的是师生的互动，小组讨论。在法语课堂上，同学们明显都少了去年的紧张和害羞，愿意去表达自己的观点。课下，我也看到了同学们的用功和努力。正所谓“近朱者赤”，在这些优秀的人当中，我也严格要求自己在法语方面的学习。如果当天没有上法语课，我会给父母发一段自己朗诵的法语课文或者小诗。在网上报名了沪江网课，每天学习一两课作为课下的知识拓展或复习巩固。我相信天道酬勤，越努力越幸运！

这一年，我们在专业课的学习上面临着压力和困难，但最终在老师们的努力和同学们的配合下都圆满解决。第一学期，我和管理班的另几位同学不仅学到了专业课的知识，面对专业课的外语教学更是使我们获得了全新的体验，受益良多。第二学期，由于疫情的影响，老师为我们选择了网课进行自学，并且会在每周为我们发送自己录制的音频，布置好目标任务。

因为班级人数少，老师有更多机会去指导每一位同学，对我们每个人的作业进行评价，将录音反馈给我们。老师的热情、耐心、尽职也使我们在这个特殊时期并没有落下学习进度。

在法语学习上，我面对着 TCF 法语等级考试的压力，今年一定不会辜负自己的努力，考下 B2 等级，不留遗憾。

三、生活中的感悟

第二年在法国的生活让我更懂得了什么是独立，什么是生活。我们生活在自己早已经熟悉的环境当中，你自以为的独立，其实从没离开过家人、朋友。直到有一天，你只身一人来到一个陌生的地方，从头来开始一段新的生活，在这里一切都是零，这时你才真的开始明白自己想要什么样的生活，自己是一个怎样的人，才开始真的体会到生活不是平平坦坦的路途，而是磕磕绊绊的旅程。失落会变得更加难忍，喜悦会变得更加惊艳，感受都被放大，眼泪和笑脸都仅仅属于自己的时候，这才是真正的生活。

在法国的这段时日，家里人和我视频都说我变得更加有想法了。确实，这里的生活带给我的，是让我开始更多地思考自己未来究竟想过一种什么样的生活，是让我认清我在追求什么，我脚下的路通向哪里。

集体生活中，我看到了团结的力量。疫情封闭校区这段时间，学生们由于无法出门购物，首创集团每周两次为我们从超市取货。学生们只需要分成小组，在网上超市下单。这让我们的生活方便了很多，也让我由衷地感谢老师们和每次负责下单的同学们。

课余时间，同学们在校区散步，走在紧邻田野的路上，便感觉与大自然亲近起来。新翻的泥土气息，加上草木和花的芳香，令人陶醉。走在小路上，偶有几只小鹿跑过，每次都让我十分惊喜。每每想用相机记录这些时光，却又觉得，这种美好，留在心里才是最珍贵的。

或许在这里，在这个不算大的夏斗湖，只是些微不足道的小事，却一直温暖着我的心。春风温暖了五月，而在夏斗湖的日子和那些人温暖了我的四季。

我深知，大学的时光是不能被荒废的。二十几岁，我们还可以摔倒，可以奋不顾身地寻找属于自己的生活。如果你在追求自己理想的路上，路人的眼光、他人的误解和眼前的每一个困难，都像是踩在鞋底的泥土一样不值一提。

在这样的环境下，我更要努力学习，我迫切盼望着能够回到祖国，投入祖国的建设事业中，也为巩固中法友谊的桥梁做出贡献！

四、回首与展望

回首这一年，我自身有了很大的改变与进步。

在人际交往上，我和别人相处很融洽，比以前更加积极地与别人互动，融入团体当中。我比之前更乐意与人交流，尤其是和陌生人交流时不再那么紧张，在公众面前演讲显得更自然大方。我也更懂得了包容与理解，学会换位思考，体谅他人。

在学习上不因为一点失败而气馁，比以前在本部校区中显得更加踏实，懂得自我反省，不断改正错误，争取进步。

在生活方面，我严格自律，每天记得做时间规划。我准备了一个小本子写出每日的计划。在左页列出自己今天需要做的事情，在右页做一个分类。然后，按照事情的轻重缓急分为:（A类）必须去做的事情、（B类）应该去做的事、（C类）想要做的事。我学会了利用好时间，生活有了质的飞跃和意想不到的进步。

思想上，我真真正正地感受到爱国情。去了国外，深切地感受到祖国的强大是留学生的坚强后盾，也是我们内心中最柔软的牵挂。尤其是国庆节那时，我就已经开始思念祖国的一切了。虽然地理距离遥远，但借助微信，我也把对祖国的祝福传递了回来。这一年中，我也按时递交了思想汇报，志愿成为中国共产党党员。

在今后的日子里，我必将感激这一段经历所给予我的知识和能力，也绝不会忘记这个地方。

同时，我也希望我自己经过学习，学成归国能为两国文化的交流传播做出贡献。

不忘初心，我相信，我们已经在这片土地上书写了作为中国留法学子的奇迹。

作者简介

沈奇源，北京第二外国语学院旅游科学学院2017级本科生，2018年9月至2020年6月在法国夏斗湖学院学习。

（指导教师：黄筱）

留学报国在路上

英语学院　王珊

2020年，虽已过去，但对我、对全体中国同胞甚至对全世界来说，都是不平凡的一年。2020年之前，我不会想到我们会经此番考验，会度过如此艰难又漫长的一年，也不会想到自己会有如此一段特殊经历；2021年之后，我庆幸自己生在这样一个强大而友爱的国家，庆幸自己是一个坚强勇敢而友爱的人。

从大学入学起，我就习惯了数不清的早起上课，习惯了一整天少有空闲，大三课业负担突然变轻一下让我无所适从。就在这时，学校关于选派赴英国交换生的通知像一团火，重新激起了我内心的斗志。我认真询问过父母的意见，又向负责老师和辅导员了解了具体情况，和他们讨论了未来的人生规划。父母起初还是有些犹豫的，毕竟我要去遥远的大陆另一端面对未知的巨大压力和困难，但最终还是选择支持我。毕竟我总要学会独立生存、独立面对生活，而这兴许就是一个很好的锻炼机会，去陌生的环境闯荡，了解不同的人文风情。最终我决定抓住此次交换生机会赴英求学。

从下定决心那一刻起，我整个人又有了方向。家在外地，身边没有父母亲人的支持帮助，我学着独立处理一切陌生事情。从申请名额、准备材料、办理护照、申请签证，我一个人奔走在各处，忙得团团转。幸亏有老师帮忙联系上届的交换生学姐并帮忙指导，整个过程还算顺利。办理完一切手续后，带着父母师长的殷殷期盼，终于寒假伊始踏上了远渡求学之路。

刚到英国，一切都很陌生，我就像突然闯入另一个世界不知所措的迷路的人。新生活并没有给我带来想象中的兴奋，到处都充满着不自在。在课堂上，新的课堂环境和老师、同学让我一下子压力很大；宿舍里来自各国的室友们和宿舍工作人员们用各种不同方式表达着他们自己。尽管一开始我的英语交流没有大的问题，但专业课稍显吃力，各种小组活动中也多是各国学生各自抱团，因此总能感到一种无形的隔阂。后来在师长、朋友的关怀下，我及时调整心态，转换方式，慢慢交到了新朋友，学习、饮食、交际文化等各方面也逐渐步入正轨，同行的或新认识的中国留学生周末也经常会一起做饭吃，互相帮助彼此适应新环境。

来到英国，全新的学习和生活环境都需要我独自面对。这种情况下，如果没有树立正确的学习态度、找到良好的学习方法，势必事半功倍，白白浪费来之不易的留学机会。根据自己的经验，我首先制订了一个长期的学习提升计划，以便自己除课业外利用英语语言环境中快速提升自己的语言能力，包括每天、每周看美剧，参加各种沙龙活动、学习小组，而自己严格按照计划行事，这样才能将学习、生活有条不紊地统筹和安排，更好地丰富整个留学生活。其次，在新的学习环境里确定适合自己学习的特色方法和找到合适的学习伙伴共同进步很重要。因为在陌生的环境里，自己孤军作战一个人学费时费力，效果也不太好。有中国或外国小伙伴互相扶持和鼓励，会激发我们学习的兴趣和动力。总之，留学生活必须要有很高的自觉性。虽然没有人监督，但要学会自我控制，时刻提醒自己抓紧时间，不要白白荒废。另外，在国外学习期间要多同外国人交流，一来锻炼胆量和交际能力，二来能有效快速地提高自己的语言能力。

其实英国是一个包容和文化多元的国度。平时生活中，每个人的距离不会很近，但这并不代表疏离。我在之后的生活中时刻提醒自己要注意小节，不去破坏别人的舒适距离，同时也尽力包容对方的文化。当和室友的共处生活发生分歧时，一定要加强和对方的交流努力解决问题。总之一切原则都是要恪守对方国家的风俗，让自己尽快融入当地的集体生活，尤其谨记生活在别处，一定要恪守对方规范，入乡随俗。这些感悟都对我后来的生活产生了巨大影响。

正在这时，疫情发生。而我身在异国，每次听到消息又着急又无力，每天叮嘱国内的家人、朋友小心应对做好防护，也因为各地驰援武汉的相关报道、视频心痛、感动过无数回。终于盼到武汉挺过了艰难时刻，国外疫情却严重了。一开始，我们无法像在国内一样所有同胞团结起来积极抗疫，每天还要出门上课，一直心惊胆战直到后来学校停课转为线上学习。线上学习的那些日子里，安全的环境反倒让我能更安心地投入课程学习以及接下来的课题报告和期末考核中去。我们听取了辅导员老师的叮嘱早早囤积了足够的食物，期间也陆续收到了大使馆分发的来自祖国的防疫物资和药品，并尽量减少出行，在宿舍自我隔离，每天认真完成学习任务、课程作业，再和家人、朋友报平安。也正因为有充足的时间，我也能更好地完成学习任务，并挤出时间参加线上的学科竞赛，提升自己的同时也能排解孤独和压力，这些都让我过得无比充实和安心。5 月底，在家长、老师的帮助下，我终于回到了祖国的怀抱。经过隔离，我终于辗转回到了家里。短暂休息过后，回首这半年，我突然意识到这段特殊时期的求学经历留给我的反思与意义远远大于它本身带给我的学业能力上的提升。留学英国，让我更能理解中国，更爱中国。

和所有对未来踌躇满志的青年一样，在本科阶段，大家总忍不住憧憬未来。尤其是来到北京后，更大的平台和更多的资源拓宽了我的眼界，让我渴望站上更大的平台，获取更多更好的资源提升、充实自己，为家庭、为社会、为国家做出更大的贡献。我至今还记得父亲对我说的那句“为学趁年轻”和给予我的无限支持。也正是家庭、学校的帮助和支持，我才有机会看到外面的世界，有机会一个人出去闯一闯，去陌生的环境拓展自己的视野眼界、丰富自己的人生阅历、探索更广阔的世界，然后以更好的自己、更强的能力报效祖国。

正如耳熟能详的那句“知识改变命运，现在决定未来”，我们的命运靠自己主宰，人生由自己把握。留学经历是我人生路上的一扇窗、一道光，让我树立了更高的理想，成就了更好的自己，能更好地奉献自己、报效祖国。

作者简介

王珊，北京第二外国语学院英语学院商务英语171班学生。本科期间成绩稳定保持在院系前20%，曾多次获校级奖学金、国家励志奖学金、三好学生、优秀团员等荣誉。2020年1月至6月参加英国朴次茅斯大学交换生项目。

（指导教师：郝钰）

在埃及，当好中国名片

中东学院　乔倩倩

2021年，我即将大学毕业。回顾四年大学生活，在二外，我不仅习得了文化知识，也收获了丰富的人生体验。作为一名新时代的大学生，能为党献上的最好贺礼便是用自己所学服务国家、服务人民。四年来，我学习用功，积极向党组织靠拢，已经成为一名光荣的共产党员，无论将来走到哪里，我都会铭记学校和老师的教诲，发扬党员的带头作用，积极奉献。

四年来，最令我难忘的经历便是出国的那四个月。2019年，受留学基金委员会派遣，我十分幸运能和同学们一起前往埃及留学。高兴之余，我意识到自己肩上的责任更重了。出国之后，我们代表的不仅是个人，更是国家，我们每个人都是中国的一张名片，因此我们有责任当好这张“名片”，在学习生活中、与埃及友人打交道的过程中，将现今富强繁荣的中国介绍给大家。

出国之前，老师给我们开会，告诉我们要尊重中埃文化的差异，我们要尊重当地人的生活习惯。同时鼓励我们多和埃及同学交流，向他们介绍中国、介绍二外。

初到埃及，最大的困难就是方言听不懂。主要原因是我们在国内学习阿拉伯语标准语，对方言了解甚少，这导致我们和同学、老师交流时有困难。于是国内老师便鼓励我们多和同学们聊天，讲讲中国的生活是什么样子。我们从国内带了中国特色的礼物，有剪纸、大熊猫钥匙扣、中国风书签等，我们便趁送礼物的机会，向埃及同学学习语言。有一天，对面宿舍的埃及同学带着朋友们来我们寝室拜访，我拿出礼物送给她们，向她们介绍书签上刻的诗句的内涵，给她们讲“白日依山尽，黄河入海流”是何种壮阔的景象，“有朋自远方来，不亦乐乎”背后是怎样的文化内涵。她们对这些小礼物赞不绝口，特别喜欢大熊猫钥匙扣，还说希望将来有机会能来中国玩，亲眼看看大熊猫。在课余时间，埃及同学常与我们分享当地小吃和零食，我们也发挥自己并不精进的厨艺，分享自己做的西红柿炒鸡蛋、番茄牛腩给她们吃。不得不说，中国美食在哪里都备受青睐。走在学校的路上，总有人会用中文“你好”向我们打招呼，大小商店，都会从中国进货，随手拿起，大多数都写着“中国制造”。我记得有家店的店主说：“中国的商品，质量很好，价格又便宜。”

让我印象深刻的是，一位女同学说我的外套很好看，我和同学说，是在“淘宝”买的，在中国，网购十分方便，只要两三天就可以收到自己下单的商品，包括这件外套。于是这位同学问道：“能不能寄到埃及来？”我只好告诉她，寄到埃及并不方便，现在大部分商家还做不到，说不定几年后就可以了。她说：“真希望能在中国生活，享受这样的便利呀。”我才突然意识到，我们在国内习以为常的网购，在他们看来竟是如此幸福的一件事，禁不住感叹改革开放几十年来，我们生活发生了如此大的变化。我打开CGTN阿语频道，将网页链接分享给她，给她看了“中国之旅”节目。这档节目介绍了中国福建、新疆等地，不仅展示了优美的景色，更在细节中体现出人民生活水平的提高，无论是高铁、动车，覆盖率极高的4G网络，还是一座座在高山之间搭起、使“天堑变通途”的桥梁，都体现了我们党带领中国人民取得的辉煌成就。是这些成就，让我们身在海外，讲述起国家的故事，心中满怀自豪。

埃及当时正处于国家紧急状态，国内的老师十分担心，让我们每周汇报情况，确认人身安全。除此之外，老师还问我们课程安排是否合理，有没有什么需要校方沟通的地方。我们身在异乡，受到学院关心，心中十分温暖。

四个月眨眼过去，离别之时，心中满怀不舍。我们常常乘车去开罗，一路上隔窗观察埃及的大街小巷，穿着长袍、皮肤黝黑的老人和眼神狡黠机灵的孩童，是与我国完全不同的一派景象。我总是希望车能多开一会，让我将这一切尽收眼底。金字塔、尼罗河、红海、亚历山大、卢克索和阿斯旺，都让我难以忘怀，这座文明古国透出金字塔和神庙土黄的底色，奔腾着湛蓝的海水。

回国后，国内老师及时与我们取得联系，并表示祝贺。终于回到熟悉的地方，在埃及的一幕幕又涌现在脑海，不仅是美景，与埃及友人交往的每一个瞬间，都在我心中留下了不可磨灭的印记。我想起他们对大熊猫钥匙扣爱不释手、对中国基建赞不绝口。通过这四个月，我深刻体会到，留学的过程让我们能换个角度看中国、向外国友人展示中国，这样的经历对我们的成长很有价值。

十分感谢国家和学校给予我这样一个机会，让我明白自己肩上的责任有多重，让我换个角度看到了中国共产党领导中国人民取得了怎样伟大的成就，让我更坚定了自己奉献青春、服务国家建设的理想。毕业后，我定凭借自己所学，贡献自己的力量，不辜负国家和学校的栽培！

作者简介

乔倩倩，中共党员，北京第二外国语学院中东学院阿拉伯语专业2017级学生，于2019年9月赴埃及留学。在校期间成绩优秀，曾获北京第二外国语学院一等奖学金、二等奖学金及“校级三好学生”称号。

（指导教师：张丹丹）

留学报国情，筑梦新时代

中东学院　赵砚雯

2019年的初秋，北京还带着夏季的燥热，我们全班15个人，怀着忐忑与期待的心情，带着老师临行前的一次次嘱托，伴随着父母的不舍，踏上了飞往伊朗的航班。

作为一个波斯语专业的学生来说，去伊朗留学这个机会非常难得，可以亲身体验这个国家的方方面面，却没有想到，在伊这半年的经历如此珍贵，更在不知不觉中改变了我。

11月中旬，伊朗爆发了反对汽油涨价的游行示威，网络不通畅。突然之间，打不开任何的社交媒体，甚至因为短信经常发不出去，连和在伊朗的中国同学联系也很困难。可是，这些都不是阻止我们上学的理由。第二天，我们去上学，出租车越往北开，天气就越冷，从刚出门的零星几片雪花变成了鹅毛大雪，车子也出现了打滑现象，离学校还有一个大约两千米长的斜坡时，司机突然让我们下车，说前面走不了了。我们不明所以地下了车，迈开双腿往上爬，突然发现平常车流来来往往的主干道停满了车子，车里空无一人，车顶堆了老高的一层雪花，想来已经停在这里有一阵子了。德黑兰的地势北高南低，爬坡爬了没一会儿，我们就累得气喘吁吁，脚底也因为厚厚的积雪不断打滑，更因为我们对伊朗的天气不了解，出门前穿的衣服单薄。我不禁想起当年红军长征爬雪山过草地，是怎样的精神支撑他们在步履维艰的情况下继续前进，不畏艰险，不怕牺牲，换来我们今日的安定和幸福。我意识到这些无人的车辆和封锁的马路是抗议的一种手段，这是我第一次亲眼看见示威者反对汽油涨价的示威活动。涨价三倍的汽油让底层人民本就艰难的生活雪上加霜，被通货膨胀压得喘不过气的伊朗群众不得不抗议，这些都是在国内享受着幸福生活的我们未曾经历过的。

在伊朗的半年似乎总是处于风波之中，随着汽油涨价事件的过去，我们也继续正常的学习生活。然而平静的日子并没有持续多久。1月3日，我起床以后，发现苏莱曼尼将军在伊拉克巴格达的机场被暗杀的新闻铺天盖地地席卷而来，社交软件里，也都是亲朋好友善意的关心和好奇。那天适逢伊朗的周末，天气很冷，到处都在放着苏莱曼尼将军的相关新闻，娱乐场所也全都放假，伊朗举国同悲。在苏莱曼尼将军被刺的第二天，一夜之间大街小巷所有的横幅、广告牌全都换上了他的照片和祭奠的悼词。路人行色匆匆，往日里时常和我打趣说笑的蔬菜店老板也格外严肃，与我谈起苏莱曼尼将军时言语间尽是悲痛和惋惜。很快就是苏莱曼尼将军的葬礼了，为了这次葬礼，最高领袖哈梅内伊宣布放假一天。早上八点半，就陆陆续续有人开始穿过楼下的小巷，来往的人群都穿着黑色的衣服，妇女都裹着黑罩袍，远方传来哀乐，葬礼持续到中午。十二点的时候，人群都已散去，只留一地的广告纸和隔壁邻居没有分发完的热茶。学校里各国的留学生聚在一起，因为对他国的行动的不确定性感到担忧和恐惧。这是我们这些出生在和平年代，成长于安全国家，从未走出象牙塔的中国留学生从未经历过的。只有我的好朋友，一个土耳其男同学安慰我，告诉我不必害怕，这样的情况每天都在土耳其上演，他已经习惯了。当天上午我作为二外在伊朗的留学生代表，也接到了来自大使馆的电话，使馆的工作人员安慰我不要害怕，保持冷静，使馆有做好相关的预案来保障我们的安全，同时不要接近任何的军事基地，不要去人群密集场所。在使馆老师温柔而又坚定的话语中，我获得了一丝抚慰和安全感。我平复好心情，向同学们传达了使馆的意思，然后又与国内的老师取得了联系。事实上慌张和恐惧不能解决任何问题，使馆老师的答复，让我意识到我身后有一个强大的祖国，她让我们不必处于担忧和恐惧之中，能够在关键时刻保护我们，带给我们足够的安全感。

我曾担忧地问我的伊朗老师："要是打仗了，我们可以回国，你们要怎么办呢？"还记得她对我们说，要是打仗了，她就上前线去，也许她不能做什么，但是她可以去当老师，教战争地区的孩子。而另一个年长的男老师颇为幽默，对我说这些并不会使他们伊朗人害怕，这么多年他们都过来了。不会打仗，这就意味着还能接着上学。然而我作为一个旁观者、一个中国人，却明白：只有国家强大起来了，才能拥有话语权，才能更好地保护我们的人民。所谓的强大，是一种足够自信的底气，不惹事也不怕事的大国气概。人民的安全感，正是来源于此。

现在有一种论调“越出国，越爱国”，我认为这种说法不无道理。正是因为有了海外经历对比衬托，我们才能意识到祖国的强大与繁荣，切实体会到国内生活的便利与安全。这些是国内一些“身在福中不知福”的“键盘侠”所体会不到的。正是在党的带领下，我们的祖国越来越强大，人民越来越有底气，留学生也能堂堂正正走在异国他乡，不受欺凌。我们作为留学生、作为小语种专业的学习者，更是肩负着好好学习、报效祖国的使命，既要做两国文化交往的使者，也要做捍卫国家主权的斗士。今年是中国共产党成立100周年，也是新生活新奋斗的起点，我们青年人更应该利用所学，在新时代这个舞台一展风采。

作者简介

赵砚雯，北京第二外国语学院波斯语专业2017级学生。在班级担任团支书一职。2019年9月至2020年2月获学校公派境外奖学金在伊朗留学。在伊期间作为留学生代表参与大使座谈会。

（指导教师：张丹丹）

与梦想为伴，与祖国同行

英语学院　吴璐璐

大三下半学期我有幸被学校选拔为交换生，赴英国朴次茅斯大学进行为期半年的学习。能够得到这样一份宝贵的出国留学的机会，我十分兴奋，感谢学校对我的信任和期冀。除了作为二外人的一分子，作为一名学生党员，我感到我肩上的担子更重了。这将近半年的交流学习，不仅是对我知识储备的丰富和提高，更是党对我的一次考验，对我能否不忘初心，继续前行的考验。

在英国学习生活的这段日子里，我感受到了英国的教育模式及其特点，收获了成长和进步。与此同时，我的民族自信与日俱增。随着改革开放的深入推进和新发展格局的建设，我们中国不仅在军事、科技等一系列物质方面得到显著提高，而且在文化建设和教育领域取得了丰硕的成果。比如北斗卫星的全面覆盖，使得中国人又一个的全球梦得到实现。2020 年 7 月 31 日，中国自主建设、独立运行的全球卫星导航系统全面建成。作为我国迄今为止规模最大、覆盖范围最广、服务性能最高、与百姓生活关联最紧密的巨型复杂航天系统，北斗系统由卫星、火箭、发射场等七大系统组成。从北斗一号工程立项开始，历经 26 年的风风雨雨，虽然路途艰辛波折，但也正是因为一代又一代中国人的奋斗和付出才有了今天的成就和辉煌。在教育领域，中国更是不同于以前。以我亲身的经历为例，从最初的老师只能在黑板上用粉笔为我们授课，到现在的大型投影幕布和 LED 显示屏，可以说，中国的教育质量发生了质的飞跃。特别是在疫情严重的情况下，我们二外专门为师生开设了线上教学途径，让老师和学生们足不出户就可以完成教学任务和互动，大大减少了疫情感染的风险，为祖国贡献自己的微薄之力。跟以往的老师讲、学生听的单一教学模式不同，在素质教育的大力推行下，老师与学生们间的关系严肃而又活泼。学生们可以在课堂上持跟老师不同的看法，老师也鼓励我们表达自己的看法，在互相学习中增进师生感情，也让学生们能够在愉悦的氛围下掌握知识。

在我出国学习的这一年，正是国内外疫情最为严峻的一年，这无疑为我的学习和生活增添了另一种颜色和不一样的味道。令我感触最深的、也是让我最动容的，就是我们党和国家在危难来临时，能够有魄力、有勇气在最短的时间内建起新冠肺炎疫情的防线。我们国家不仅有实力，还有担当，乐于伸出援助之手，帮助其他兄弟国家脱离苦难。如果问我们在 2020 年应对疫情扩散该怎么做时，坚守是党和国家对人民做出的最有力的回答。武汉广大医护人员冲锋在前，全国各地医务工作者成为这个特殊时期最可敬的“白衣战士”；各地支援武汉的医疗队在接到号召后迅速集结，直奔武汉；在疫情这场没有硝烟的人民战争面前，全国各行各业的人们，用实际行动践行着“若有战，召必回，战必胜”的神圣誓言。也许用奋战来回应，是这些人们对祖国最直接、最无言的爱。在疫情的最前线，是这些白衣天使冲锋在前，远在海外留学的中国学子还有什么理由不感恩、不珍惜呢？是他们，冒着生命危险，守护着我们的健康；用他们的牺牲，换取更多家庭的团圆。这不仅是他们对职业的忠诚，更是一种舍小家为大家的高尚情怀。这次前所未有的新冠肺炎疫情，已被国家列为重大突发公共卫生事件一级响应，党和国家带领人民，尽可能切断病毒传播途径，从而逐渐缓解疫情直至其完全消退。作为学生党员，我们更是要以身作则，无论是个人防护，还是生活学习，都要围绕这个大局目标展开。病毒是无情的，在病毒面前没有国界，它不会因为某个人或者某个国家而区别对待。我们大家可以做的，就是做好防护，改变习惯，不隐瞒涉及防疫的个人情况，减少被传染或感染他人的概率。这不仅是出于对自己和家人安全的考虑，更是对他人、对社会和国家负责任的表现。

中国这头雄狮已经觉醒，七十多载的风霜雨雪，让我们更加强大。习近平总书记曾寄予青年学生以厚望，幸福是奋斗出来的，只有奋斗的人生才是幸福的人生。祖国今天的成就是我们一代又一代人奋斗出来的。如今我们生长在和平年代，作为学生党员我们应当做好自己岗位上的事，全心全意为人民服务。新世纪的青年一代，是祖国的希望，祖国的未来必将属于我们。其实家国情怀是一种崇高而神圣的情感，它可以通过一件件普通而平凡的小事体现并凝聚起来的。我们能为祖国母亲做的有很多很多，只是我们从来没有真正用心去体会。日常一些普通平凡的小事也可以表达我们对祖国的热爱，我们似乎都忽略了这些事情的内在含义。使命重在担当，实干铸就辉煌。实现中华民族伟大复兴，实现全体人民共同富裕，我们还有很长的路要走，还有许多困难和风险要去战胜。我们坚信，只要青年一代刻苦学习，加倍努力，祖国的前途就有希望，就是光明的。

作者简介

吴璐璐，北京第二外国语学院英语学院2017级本科生，共产党员。任英语176班团支书。本人能够积极参加学校组织的各类集体活动，集体荣誉感强，学习目标明确，认真刻苦，有远大的理想和抱负。曾获校级优秀学生干部等荣誉。2020年被北京第二外国语学院提名为英国朴次茅斯大学春季交换生，修读Language and Applied Linguistics系的课程，成绩优异，圆满完成交换项目。

（指导教师：郝钰）

越山向海的 8183 千米

欧洲学院　魏安琪

“女士们，先生们，我们的飞机将降落在巴黎戴高乐机场，当地时间是 5 点 20 分。室外温度是 8 摄氏度。”温柔的语音播报陆续唤醒航班上的旅客，飞机落地的冲击感让我清晰地意识到自己已经在另一个国家了。我看向旁边的同学，近十个小时的长途飞行让我们有些许疲惫，“我们到法国了。”两人相视一笑，激动却又紧张。未来的 11 个月，或悲或喜，或顺或难，都是我们无法预测的。带着对留学生活的憧憬，我开始了 20 年来的第一次独自远行。

几经辗转，终于到达了我的目的地——克莱蒙费朗，法国中部偏南的一个小城市。在这之后的很长时间里，我都还能想起走出机场第一眼看到的法国的样子。在清晨尚未完全散去的薄雾的笼罩下，远方的山脉隐约可见，灰调的云团大片挂在眼前，好像抬手就能摸到天，湿漉漉的地上应是刚刚下过雨，还散发着清冷的泥土味。那里，虽没有巴黎的满街繁华，但却让我感到一种莫名的踏实和安逸。我和旁边的同学打趣地说道：“这里适合退休生活。”或许是习惯了北京的跃动，一时总会有些许不适，但这并不妨碍我对这个地方的喜欢。怪力少女带着 80 千克行李的留学之旅，自此正式开启。

万事开头难。新生报到，自主选课，导师见面，学籍注册，房补申办，医保注册，电话卡、银行卡办理等一系列的事情都需要我们自己完成。虽然已经提前有了心理准备，但当问题和事情真正来临的时候，还是会有些措手不及。但这是万千留学生的必经之路，我们只能迎难而上。

克村的雨冲掉了夏天的闷热，也减轻了心里的焦躁，总算赶在万圣节之前将一切料理妥当，生活慢慢步入了正轨。中华小当家的一日三餐，学习上课，没课的时候遛遛公园看看书。阳光正好的时候约上三五好友来一趟说走就走的旅行，感知当地文化特色的同时又促进了文化交流，嬉戏玩闹间，外语的沟通交流能力也有了提升。在克村的每一天都充实而快乐，也在一点点进步。

十分有幸的是，还和同校同学一起参与了当地电台的录制，用法语讲述中国故事，传播中国传统文化。每周一次的录制交流，让我对这个些许陌生的领域也越来越得心应手，在电台里发生的一切都令人期待。

克村学习中文的法国同学不在少数，因此孔子学院也是十分重要的存在。闲暇之时我们便会去孔院串门帮忙，中秋节和春节我们也会一起聚餐。有了老师和朋友们的陪伴，好像异国他乡的日子，也没那么孤单，小城市的日子也可以过得丰富多彩。

时光荏苒，白驹过隙，时间总是在我们还没意识到的时候就飞快地溜走了。当秒针从 12 上划过，23∶59 变为 24∶00，2019 年便成了过去式。本以为之后的生活也会是平淡充实的小日子，但一场突如其来的疫情打破了所有人的脚步，走在街上会有人用异样的眼光看待亚洲面孔，甚至也会有同学问昨晚吃的是不是蝙蝠，虽然可能只是开玩笑。我们无法要求别人感同身受我们内心的忧虑，但也不能坐视不理有意无意的恶意玩笑。“这，并不幽默。”我们只能耐心地向他们解释，并且告知他们新冠病毒并没有他们想的那么简单，与此同时，保护好自己，也让国内的家人放心。当欧洲新冠肺炎疫情大流行时，学校停课，地区封城，买不到口罩，消毒用品短缺，超市货架一扫而空，就连宿舍楼，也只剩下了中国的留学生。疫情带来的焦虑让思念之情倍增，国内疫情防控态势逐步向好，在妈妈的远程陪伴和自己的积极调节、规律生活下，渐渐走出了阴霾，适应了居家的日子。居家近两个月，完成好学业后，计划着启程归国，与此同时，身为留学生我相信，不给祖国添麻烦，不让全国人民的努力白费是每一个留学生的心愿。经过 30 个小时食水未进的超长待机，落地第一入境点天津，当我迈进隔离酒店的那一刻，我清晰地知道：我，回到了世界上最安全的地方。

作为一名 2017 级本科生，我记得当年的录取通知书上写着“hello 世界”。

我想，每一名学习外语的留学生都希望自己在外能够学有所成，不辜负自己也不辜负学校。我们从学校出发，走向世界，学有所成，归来学以致用。作为一名预备党员，“不忘初心，牢记使命”也是我留学生活的主旋律。定期组织国内同学进行团日活动，管理支部日常事宜，力争成为一名合格的共青团员、预备党员，而后成为一名党员。每一名留学生，除了是学校的名片外，也是祖国的名片。因为在外国友人看来，我们先是一名中国人，而后才是交流院校的学生。这短短一年的时间，让我收获颇多。除了提高了自己的语言水平和独立生活的能力外，我也更爱我的祖国。文化交流期间，我以祖国为荣，我是骄傲的、自豪的，文化自信和民族力量是由内而外散发于言语之中的。一个学年，两个学期，真的成长很多。

如今，作为一名毕业年级的学生和班级干部，我也会更加严格要求自己，站好最后一班岗，顺利冲向终点，为自己大学四年的学习生活画上一个圆满的句号，走向人生的另一个新阶段，继续奋斗、前行。

作者简介

魏安琪，北京第二外国语学院欧洲学院 2017 级法语专业本科生，预备党员，2019—2020 学年度前往法国克莱蒙奥弗涅大学进行为期一年的交流学习。平时的学习生活中乐观开朗、积极向上，对待工作认真负责；留学期间积极参与当地志愿活动，进行文化交流，并在当地电台实习。顺利完成学业后，如期安全归国。

（指导教师：刘洋）

家国情怀不忘于心，砥砺奋进履践不息

英语学院 张雨恬

2020 年 1 月，恰逢新冠肺炎疫情发生，我北上和同学会合乘坐飞机前往丹麦，开始了我的留学交换之旅。

当踏下飞机的那刻，新鲜感扑面而来，可最先迎接我的就是高昂的公共交通费用：办理一张交通卡需要 80 丹麦克朗，且卡内余额不低于 30 丹麦克朗才可使用乘坐，跨一个交通区域就需 12 丹麦克朗。这时候，回想起国内便捷便宜的公共交通，才深刻理解为何丹麦是“自行车王国”。

在正式开学前，我和同学一行在哥本哈根附近游玩，在步行街上碰到中国人，即便一个眼神交汇都有种“他乡遇故知”的亲切感。由于所需家什甚多，本只携带一个行李箱的我们纷纷找了一家位于僻静角落的箱包店，哪知老板正是中国人。闲谈之间才了解对方是浙江温州人，刚在国内过完年回丹麦不久。老板为人热情亲切，给我们一行人打了大额折扣，使我们再次感受到在异国他乡遇见“亲人”的感动。

当每日辗转于学校和公寓之间，生活节奏开始固定和有序时，世界范围内的疫情开始显露，丹麦也不能幸免。每天密切关注母校的疫情健康报备要求和通知，提心吊胆于丹麦的实时情况。本来还不戴口罩的我们开始跑各个周边的药店，想要购买酒精洗手液、口罩和酒精，得到的结果有些失望，口罩和酒精早已售罄，幸好酒精洗手液在便利店还可大量购得。在哥本哈根的留学生和华侨们开始沟通，筹集资金从国内团购口罩，才使一颗心安然落地。不久，丹麦宣布封城，各级学校也开始关闭，公共场所除了便利店、超市和公共交通系统，均不对外开放。我和同学们便和国内同学一样开始了网课之旅。除了日常课程，身为党员的我也不断在更新自己的知识，每日浏览学习强国 APP，更加坚定了自己的爱国之心和学成归国报效祖国的决心：当丹麦人追求自由不戴口罩不遵守聚会人数要求时，国内人人本着对自己和他人负责的态度戴上口罩测好体温不外出聚餐；当丹麦医疗资源跟不上的时候，国内能在极短时间内建成临时医院提供充足的医疗后备支援；当丹麦伙同西方各媒体就疫情源头指责中国时，中国仍能不卑不亢地继续自己的建设事业，为人民的生命健康提供坚实稳定的保障。

在每日居家的困顿中，课程终于临近尾声，我也踏上了回国的飞机。哥本哈根机场空空荡荡，只有此次飞至中国的航班及人员。机场的丹麦工作人员仍然不戴口罩未做任何防护措施，与中国工作人员形成鲜明对比，让我很是感慨。十几个小时的飞行不但不使我困倦，反而让我因要回到祖国的怀抱而十分兴奋。窗外山川河流气象变化不断，飞机显示屏上的图形标志也离“China”越来越近。飞机落地，迎接我们的是有序的团队安排：消毒，核酸检测，送至隔离酒店。高温下穿着厚重隔离服的医疗工作者们让我既感动又敬畏，正是这些白衣战士们夜以继日、不畏艰险，才保证了广大人民的生命健康，守护住了广袤土地的卫生一线。

今年是中国共产党建党 100 周年，自创立至今，中国共产党已与中国人民携手走过 100 年光荣而又艰难的历程，苦难与荣光并存。自党的十八大以来，一系列改革、一系列举措、一系列新思想使共产主义事业不断向前发展，也不断丰富了我们对马克思主义、对共产主义事业的思考和解读。留学归来，“使命”和“担当”这两个词使我不断深思。

中国共产党人的“使命”和“担当”也在于对“人类命运共同体”的关切。这个理念并不限于“一带一路”合作国，更适用于一切致力于实现人类共同理想——世界和平的友好国家。中国积极参与各项符合联合国公约的国际事务，并在其中发挥重要作用，与广大成员国、国际组织和机构一道为实现和谐的“地球村”做着不懈努力。

经济，中国在赶超；政治，中国在完善；文化，中国在创新。逐步演进，与时俱进，不断改革，自我调整。中国以这般自信、自强、自立、开放包容、互利共赢的友好姿态赢得举世的瞩目与异国的尊重。未来，中华民族的伟大复兴在如此具有远见卓识的领导人的带领下，必将成功地在华夏历史的绚烂篇章上添上难以磨灭、浓墨重彩的一笔！

作者简介

张雨恬，北京第二外国语学院英语学院商务英语专业2017级学生，中共党员，英语学院本科生第二党支部组织委员兼纪律检查委员，2020年2月至5月于丹麦哥本哈根大学交流学习。

（指导教师：郝钰）

砥砺异国行　坚守赤子心

欧洲学院　王璨

俗话说："一方水土养一方人。"每一片历史悠久的土地上都孕育着内涵深厚的文化，当这些色彩各异的文化在古今交汇的变革下相得益彰，催生了极具独特气质的多元文化。放眼世界，法国—— 一个玫瑰般馥郁芬芳的多元文化大国，便以夺目之姿映入我们的眼帘。就在暂且轻松的大一结束时，我报名参加了二外的夏斗湖项目。我与这朵法兰西玫瑰的故事，便由此开幕。

留学生活都说是"独在异乡为异客"，我却很少有这样的彷徨与失落感。事实上，夏斗湖这座城市不若北京高楼大厦鳞次栉比，它更像是将我们这些城市长大的孩子放归乡野，对我们进行一场返璞归真的锻造。在这片人迹罕至的土地，老师与同学们各司其职，共建一个温馨的异国的家。同时，我们也并未丢失自我，依旧活出了个性，百家争鸣、多姿多彩。这一切，便是留学生活给我的礼物。

2019 年的春节是我人生中第一次与父母相隔两地的春节，然而我并没有过于浓重的乡愁。不仅是因为高科技通信工具拉近了人的距离，更是因为夏斗湖学院的老师同学们紧张有序的准备，细心周到的布置，给了我们一个热情洋溢又不失温情的春节。我心中的夏斗湖师生，便是这样以家人的身份，用爱与包容互相扶持。

跨过行囊满载的 2019，迎来了 2020。如同所有在外漂泊的游子一样，彼时的我在短暂的旅途中期盼着中国人最为盛大的年节。然而，谁也无法预料的是，看似欢愉而喧闹的新年伊始，这一场寒冬竟来得如此凛冽，令人猝不及防。一月中旬，严酷的风暴悄然酝酿——新冠肺炎疫情发生。即便我们这个小群体身在国外，无从设身处地感知国内严峻的疫情态势，但追踪浏览着不断攀升的数字，每一次细微的变化都牵动着我们的心神："钟南山院士乘高铁连夜赶赴武汉""李兰娟院士不眠不休奋战在一线""各省市派遣医疗精锐力量开拔驰援"……全国上下逐渐暂停了交通运输，减少人员流动；居民们主动居家、闭门不出。几万千米外的我们越发感知到，这是一场举国家之力与其相搏的斗争，当务之急，乃是击败病魔、打赢一场旷日持久的攻坚战。

疾病在蔓延，大年三十的脚步也在一天天临近。灾祸无情人有情，这次春晚中一个特别的节目使当时在座的每一个中国人潸然泪下。一场临时安排的诗朗诵，以其质朴却饱含温情的表达叩击着祖国儿女的心扉，更引起了我们这些海外游子的强烈共鸣。浓浓赤子之心当有万语千言，终是诉诸无言的拥抱与相互对视时眼角的晶莹。

曾几何时，我们熟悉了那一个个未曾谋面却早已闻名的地点——"金银潭""火神山""雷神山""方舱医院"；曾几何时，我们把目光聚焦在默默奉献却将辛酸吞咽的职业——医护人员、军人警察、快递员、环卫工人……苦难之中，多少感人至深的事迹频繁涌现，让我们在深夜静静思乡那一刻笑泪与共，慰藉无处安放的愁绪。是啊，历经淬炼的华夏民族，向来在攻坚克难之时团结一心、众志成城。岂曰无衣？与子同袍！

春季还未将暖意洒向大地，这场史无前例的大瘟疫便已经向整个世界伸出了它的魔爪。这种病症波及全球各地，病例持续增加，地图上越来越多的国家被涂抹上刺目的红色。

对比国内在疫情发生后的种种快速应对举措，客观来讲，大部分欧洲国家初始阶段时的防控措施不尽如人意。鉴于呈暴发趋势的新冠肺炎疫情不容小觑，欧洲多个国家已宣布其进入战时状态，法国总统马克龙更是称此次疫情为一场"公共卫生战役"。亚洲与欧洲文化中对口罩佩戴的差异性解读为法国在预防传播这一环节上带来了较大困难，而各类医疗资源的短缺更是令繁重的后续救治任务雪上加霜。身处其中的我们，难免再一次感到忧虑。

正值此刻，大使馆进行了对夏斗湖师生的慰问，事无巨细地关心了我们的生活，十分抚慰人心。同时，为我们每一位留学生配发的“健康包”可谓雪中送炭。其中不仅有我们最需要的口罩、消毒纸巾，更有让人倍感亲切的国产“连花清瘟”。偌大的法兰西国土，乃至世界各国，几乎每一位留学生都在第一时间收取到祖国对我们的这份牵挂。如此大规模地组织派送，其困难程度可想而知，更无须言明其经费的庞大。这又令我感叹自己是何等幸运，能够降生在中国，成为中华人民共和国的一名公民——因为我们的祖国从来都将人民的生命安全置于首位。这种难能可贵的人文关怀正是在告诉每个人，无论风雨何等劲疾，强大的祖国永远是我们坚实的后盾！

此外，疫情之下，我也真切地感受到校方尽全力保障学生安全健康的负责态度。早在夏斗湖尚未发现病例之时，老师们便想方设法研究应急预案，不辞辛劳为大家提供一个“安全岛”般的家园，还排除万难为同学们购置了口罩、消毒洗手液、温度计等，以备不时之需。尤其是在生活必需品的供应上，校方更是竭力运转，八方筹谋，维持了我们的正常生活秩序。在这个井然的大家庭中，所有人守望相助，为他人着想，创设出一派祥和良好的氛围。每晚大家都自觉上报个人行动路线、体温以及身体状况，经过多方努力，夏斗湖学院实现了将病毒扼杀在萌芽中。

在法国两年来的留学生活，更令我对中国的发展状态有了全面的认识。走出国门、放眼世界对于当代大学生来说是必要且重要的。我们在此不仅骄傲于中国在世界赛道上的飞速前进，更意识到我国在国际事务上已经拥有了极高的话语权。在前所未有之大变局的冲击下，我相信，中国定能经受住考验，展现出卓越的应对风险挑战的能力。同时，我们将化挑战为动力，向伟大复兴的道路继续进发。

全球化已经是当今世界的必然之格局，文化交流的势头正如雨后春笋，而我们这群学习小语种的高校学生，则是拓宽这座桥梁的工程师。法兰西这朵红蓝白三色的玫瑰，会始终与我灵魂中汩汩流淌的炎黄血脉交相辉映。

作者简介

王璨，欧洲学院2017级法语专业本科生。2018年9月参加了学校的夏斗湖项目，赴法留学，在法期间就读于法国奥尔良大学；于2020年7月两年交换期满，完成学业回国。

（指导教师：刘洋）

礼赞祖国　逐梦远方

中东学院　王文秀

2019 年，我有幸被录取为留学基金委优秀本科生国际交流项目出国人员。在学校、留基委、大使馆各位老师的帮助下，同年九月我和一行朋友踏上了为期四个月的留学之旅。

我们要去的是埃及，学校老师千叮咛万嘱咐，告诉我们埃及的民风和禁忌，告诉我们各种注意事项，让我心里踏实了许多。出发前，我们是兴奋的，也是忐忑的，毕竟是离开祖国，去到相距万里的异国他乡。我对埃及的认识，是电视中的金字塔、狮身人面像，是书中的亚非欧交会处，是孕育古老文明的尼罗河，是烈日沙漠、炊烟浩渺……终于，在经过十一个小时的旅途奔波后，这些印象碎片开始重新组合，拼凑出她原本的模样。

清晨，刚下飞机，迎接我们的不是滚滚热浪，而是带着湿气的习习微风。看着周围陌生的建筑、阿拉伯语标识的指示牌，我真切地意识到已是离家万里。除了略有的兴奋外，还有一种说不上来的空空的感觉。我的留学生活就这样开始了。

最初的一段时间，兴奋值低走，不安感逐渐增加。这倒不是因为治安（我们是不允许独自出校的，出校门学校会派老师陪同，十分安全），而是由于沟通上的吃力。我们讲阿拉伯语标准语，而大多数当地人只讲方言，交流上的不便为我们的生活增加了困扰，也不禁让我们开始对自己产生怀疑。而在这个时候，住在宿舍对面的埃及女孩注意到了我们，主动和我们打招呼、交朋友，教我们常用的埃及方言。她的到来对于当时的我们来说是一件很美好的事情，现在想起来都很温暖。

开学后，我们的留学生活步入正轨。课上，老师严谨负责，认真教学；课下，老师如同亲友，关心我们的日常，解决我们生活中的困难。老师们最常挂在嘴边的一句话就是：中国人民是埃及人民的朋友，你们在这里不要想家，有什么需要就告诉我们。的确，不论是在课堂上，还是在生活中，我们都感受到了来自埃及的热情友好。

课堂上，老师会一脸自豪地向我们讲述中埃友好往来的佳话：几千年前的“丝绸之路”和“香料之路”开启了中埃交往的先河，1956 年中埃建交成为中国与阿拉伯国家和非洲国家的外交起点，埃及新首都建设项目里中国工程功不可没，勃勃生机的中资企业为埃及带来了新发展机遇……生活中，我们也感受到了这片土地孕育出的人民的热情。走在尼罗河边，路人们热情地用中文向我们打招呼——“你好”；参观埃及国家博物馆，馆内的小学生开心地问我们能不能合照；路上偶然遇到的人，会自豪满满地告诉我们他曾经去过中国，他很喜欢中国；走进餐厅，不一会就响起中国歌曲，热情的老板送给我们一个橄榄形的烤馕，上面用芝麻拼着“CHINA”……我强烈地感受到了来自埃及人民的热情，感受到了中埃的深厚情谊，也感受到了祖国的强大。

身处异国他乡的游子，能受到如此尊重，不只是因为我们自身的素质，更重要的是因为我们背后有一个备受尊重的国家。建国七十余载，在中国共产党的领导下，新中国风雨兼程、砥砺前行，中国人民筚路蓝缕、一路奋进，中华民族实现了从站起来、富起来到强起来的伟大飞跃。艰苦奋斗，自力更生，改变新中国一穷二白的面貌；改革开放，开拓创新，中国经济迎来勃勃生机；实事求是，与时俱进，沿着中国特色社会主义道路前进，以新的姿态屹立于世界民族之林。贫时不卑不亢，强亦不欺凌弱小。在对外政策上，奉行和平共处五项基本原则，不强权不霸权，相互尊重和平共处，求同存异共同发展。用所作所为树立起一个大国的风范，用诚信威信让世界刮目相看。正因为有这样的祖国，我们才会有如此的礼遇，那是对中国的尊重。

民相亲，在于心相通。在埃及期间，我们会做一些中国特色美食（比如饺子、火锅等），邀请埃及同学一起吃，向她们讲述中国的春节、中秋节，给他们看中国的模样。容颜不同，肤色不同，着装不同，但其乐融融。我还为埃及朋友带去家乡的剪纸，给她们讲述工艺流程，告诉她们“世界剪纸看中国”。在平时的相处中，我们把中国文化、中国艺术、中国故事讲给她们，把中国的名胜古迹、大好河山描绘给她们，也向她们了解埃及的民风民俗、埃及文化。在相互的沟通交流中，我们增进了友谊，也增进了对彼此祖国的了解，提高了语言表达能力。四个月，不是很长，却是我第一次真切地融入阿语环境，领略异域风土人情，我发自内心地感谢学校、留学基金委给我这次机会，也感谢一路上各位老师给予我们的关心和帮助。

留学期间，我们无论是在生活中还是在学习上遇到困难，都会向学院的老师求助，老师们也非常热情地帮我们答疑解惑，那种感觉真的很温暖。我们也会时常和在校的同学聊天，聊聊二外，聊聊埃及，聊聊学习，聊聊友谊。发达的通信科技让我们和老师同学虽相隔万里，却似近在咫尺。

2020 年 1 月，我们结束了留学生活，踏上了回国的路。回国后我们向学校汇报了留学情况，和老师线上交流在埃及期间的学习、生活情况和感悟。我们是在新冠肺炎疫情发生前回国的。说起疫情，我又一次强烈感受到中国共产党超强的执政能力和强大的凝聚力，感受到社会主义制度的优越性，感受到中国速度、中国效率，在最短的时间内将新冠肺炎疫情控制住，保障了人民的生命和健康。我为祖国骄傲，为党自豪。

习近平总书记说，“奋斗是青春最亮丽的底色”。作为一名共产党员，作为新时代青年，我深知岁月静好来之不易，我会牢记初心使命，练就过硬本领，锤炼品德修为，积极拥抱新时代，奋进新时代，用一言一行汇聚正能量，用能力和实力逐梦青春，奉献社会，以优异的成绩向建党百年献礼！

作者简介

王文秀，籍贯河北，2017 年考入北京第二外国语学院中东学院阿拉伯语专业，2019 年 6 月加入中国共产党，2019 年录取为留学基金委优秀本科生国际交流项目出国留学人员，2019 年 9 月到 2020 年 1 月于埃及复兴大学留学。

（指导教师：张丹丹）

疫情下的意大利留学之旅

欧洲学院　林戈

新冠肺炎疫情发生时，我正在意大利锡耶纳外国人大学交流学习，作为一个在意大利度过了新冠肺炎疫情最为肆虐阶段的留学生，我有着许多深刻的感悟。

作为一个在祖国的爱与关怀下长大的孩子，我深爱着我的祖国，在大一的时候我便递交了入党申请书，通过努力顺利地成为积极分子。通过大一大二的学习，我对意大利有了一些认识，但都较为浅薄，不够深刻。在大三出国之前，我对意大利充满了向往：美食美酒，风景名胜，文化艺术，一切的一切都吸引着我，我十分希望可以在留学期间游览遍意大利的名胜山川，坐在教室上课的时候，注意力早就随着思绪飞走了。然而我们的老师时刻提醒我们，强调我们出国交流，最主要的目的是学习文化知识，拓宽视野，在吸收外国文化的同时，也应该积极地向外国友人宣扬、介绍我国的文化历史，使中国文化走向世界。老师的一席话如醍醐灌顶。

来到意大利之后，我在就读的学校认识了许多当地的学生，交了不少朋友。其中有两个年仅十九岁的学习中文的大一小学妹 Elena 和 Serena，和我十分要好，我们经常相约一起学习、散步、吃东西。两个小女孩对中国和中国的文化十分向往，经常向我请教关于中文学习的问题，也经常要我讲一些中国的传统故事给她们听。在与她们交往的过程中，我了解到，在大部分的意大利人眼里，中国是一个十分强大的国家，中国人民是热情善良，吃苦耐劳，聪慧而充满灵性的。两个小女孩对自己学习的专业十分喜欢，还告诉我在她们大三的时候，也有机会来到中国进行交流学习，对此她们十分向往，正如同我向往来意大利交换一样。我们约定等到时候她们来中国时候，一起去逛故宫博物院和颐和园。

留学的下半年疫情开始了，对于疫情的恐慌弥漫全球。身在意大利，看到在武汉的疫情，我感到无比的心痛和惋惜，给我们上课的意大利老师，和其他国家的同学，也对我们十分关心，常常询问我们关于疫情的进展，给我们安慰和鼓励。幸运的是，很快，我们的政府沉着冷静，凭着超凡的决策力和号召力，创造出了快速稳定局面、战胜疫情的奇迹。看到中国的疫情稳定了下来，我们都感到了由衷的自豪和欣慰。

新冠肺炎疫情在意大利全面暴发的消息传出的那天，在意大利出现了许多不同的声音，北方几个大区的人们也十分恐慌，甚至有人连夜出逃。我们的学校在当天就在教学楼的各个角落装上了消毒液和指导人们如何清洁双手的说明，但是对于佩戴口罩，大家还持有一些疑虑。当时我们作为在意大利的中国留学生，以身作则，积极佩戴口罩，也不断尝试说服周围的老师同学佩戴口罩，不过效果并不理想。当时的意大利口罩比较紧缺，有些同学跑了好几个药妆店也买不到口罩。万幸的是，在这种水深火热的时刻，我们的学校向我们伸出了援手，给我们寄来了一大批口罩。我作为班级的班长，全程负责与辅导员老师的协商，人数统计以及口罩的发放，亲身参与了整个过程。最令我感动的是，在寄来的一大箱口罩中，还有学校写给我们的一封信，在信里学校对我们进行了安抚和鼓励，字里行间都是对我们的关爱。紧接着，我们还收到了驻意大利中国大使馆的包裹，里面不仅有口罩，还有一些日常的药品及消毒清洁品。我把领到的口罩分了一些给我的意大利室友，一个来自西西里的大姐姐，她十分感动，同时也对中国政府肃然起敬。她对我说，她认为中国的政府是真正地爱着、关怀着他的人民，与人民共患难，同生死，而许多欧洲的政府大多数时候只是为了利益而进行权利的斗争。

好在当时的意大利总理孔特是一个十分关爱人民的领导人。在新冠肺炎疫情期间，孔特出台了一系列严格的措施控制疫情的蔓延。意大利有许多的老年人，新冠肺炎疫情对于他们来说，是最为可怕的魔鬼。孔特的一系列政策，最大程度上控制了疫情的发展。但是，身在意大利，我也可以看到，意大利政府对于人民的号召力不如中国，或者说，大部分欧洲的人民较为缺乏那种“齐心协力，共渡难关”的民族精神、同胞精神。政府想要出台、实施政策，并说服人民遵守规则，是比较困难的，在这种危急的时刻，人们对政府的质疑也会更多。万幸的是，这时候有许多意大利的公众人物也一起站出来，以身作则，号召大家遵守规定，一起战胜疫情。身为中国人，我们也积极地将我们国家的战疫经验介绍给意大利朋友，号召他们行动起来，为意大利的战疫事业做出一些贡献。在网课的课堂上，我们也经常与老师同学一起讨论、反思新冠肺炎疫情。

我的交流期限到了之后，买到了回国的机票，但是当时还处于疫情期间，一边是机票一票难求，另一边是需要隔离。我们穿了防护服，戴了口罩，一路倍加小心，终于回到祖国的怀抱。一回到中国，我们就感受到了扑面而来的温暖与关怀，机场给我们提供了热腾腾的早餐，整个检查和去酒店的过程也十分顺利，安排得十分妥当。隔离酒店的条件也很好，酒店的工作人员和负责人对我们关怀备至，还特地为我们做了西安当地的特色美食。在回国之后，我也和意大利的老师同学发邮件报了平安，跟他们讲述了我的旅程和中国当时的情况，他们都被中国政府的效率和对人民的关怀深深打动了。

经历这一趟旅程，我学到了很多的知识，此外，也对中国和我们的党有了更深刻的认识，对自己的祖国感到深深的自豪。

作者简介

林戈，北京第二外国语学院欧洲学院 2017 级意大利语专业本科生，担任班长，2019—2020 学年在意大利锡耶纳外国人大学进行交流学习。

（指导教师：刘洋）

中摩情韵

中东学院　徐海文

中国驻摩洛哥第十任大使穆文先生在《日落之邦——摩洛哥》一书中写道："摩洛哥是个美丽而神奇的地方。它多元、多姿、多彩，既有欧洲般的妩媚，又有非洲大地的磅礴。它的地理、历史和文化，无不具有多重性，包含了丰富的内容。"在学校和院系老师们的帮助与支持下，我有幸踏上了这个宝藏一般的国土进行为期五个月的交流学习，不仅在学业上有所精进，还对摩洛哥的风土人情有了一定的了解，这无疑是我人生中一段最为难忘的回忆。

出发前，院系老师将我们一行同学聚在一处，反复叮咛我们此去出国，莫要忘记自己的身份，我们代表的不仅仅是北京第二外国语学院中东学院阿拉伯语专业的学生，还是中国人对外的一张张鲜活的名片。我们都暗暗点头，我更是暗下决心要尊重当地的文化传统，言行得体以礼待人。老师们还邀请曾赴摩洛哥留学的学长为我们分享在当地的生活经验，希冀我们在异国他乡也可以安全舒适地生活。带着老师们殷切的祝福和家人们的思念，我们登上了去往摩洛哥的飞机。

十几个小时的长途飞行之后，我们丝毫未见疲惫，摩洛哥的一切在我们看来都是这样的新奇与可爱，充足的日照，湿润的海风，街道边来来往往操着摩洛哥方言的人群……摩洛哥穆罕默德五世大学教育学院的老师热情地接待了我们，带我们游览了一圈美丽的校园，跟我们介绍了这一学期我们将要学习的课程，还征询了我们的意见，除了必修的阿拉伯语专业课，还增添了美术、方言、地理历史以及法语课，让我们可以从多方面学习和领略摩洛哥之美。

作为一名留学生，我深知学习是我的首要任务。因此，我在来到摩洛哥之后没有半刻的松懈，以最快的速度适应了摩洛哥的生活，专注于学习当中，上课认真听讲，跟随老师的思路，课后按时按量地完成作业。在学习的过程中，老师鼓励我们多和学校的摩洛哥学生进行交流，锻炼自己的口语能力，我也在沟通交流中收获了珍贵的友谊。早在出国之前，我就树立了刻苦学习文化知识，学成后回国为我们祖国的繁荣复兴贡献自己的一分力量的观念。我也一直以这为目标不断鞭策自己，不积跬步，无以至千里，在学习上我没有懈怠和懒惰，一点一点地积累知识，最终在期末考试中取得了优异的成绩。

在生活中，我遇到了许多热情、善良的摩洛哥人。有一次，我和同学搭乘出租车回家，下车后翻了一下自己的口袋，发现手机可能落在了出租车上，而此时的出租车早已经没有了踪影。我心里非常着急和慌张，借了同学的手机拨打了报警电话，但是因为电话那头的警员说的是方言，我说的是标准阿拉伯语，他听得懂我说的，但是我听不懂他讲的。于是我连忙走进了附近我经常去换钱的银行，找到帮我换钱的职员，他主动接过了我手中的电话和警察交谈，之后他用英文告诉我现在赶紧去警察局挂失，说不定可以找回我的手机。他温言宽慰我不要太过着急，并愿我一切都好。我谢谢了他的帮助，赶忙出门前往警察局。在去往警察局的途中我迷失了道路，一群比我年纪还小的女学生注意到了我慌张的神情，主动上前询问我有什么困难。她们在了解事情的经过后热情地为我指了路，有一个姑娘甚至想要亲自带我去。我婉拒了她的好意，不想占用她们太长时间。最后我顺利地到达了警察局，做了挂失。虽然我已经离开了摩洛哥，但是那位银行职员以及那一群可爱的女学生的音容笑貌依旧活跃在我的眼前，他们善良宽厚的品质使我深受感动。

在摩洛哥，我不仅结交了许多当地朋友，遇到了热心的好人，还领略了一番摩洛哥引人入胜的美景。学校为我们组织安排了两次游学。第一次我们来到了老师艾哈迈德的家乡。这是一个位于摩洛哥中部山区的小城镇，有着优美的自然风光，高山上的湖泊清澈见底，白云倒映其上，仿佛是一艘艘白色的小船在周游；高山上的瀑布倾泻而下，仿佛一个倾倒的玉壶；高山上的蓝天近在咫尺，仿佛伸手就可以够到。此次游学，令我的内心充盈。第二次我们来到了摩洛哥的南方——撒哈拉沙漠。向导带着我们认领了自己的骆驼，伴随着驼铃的声声脆响，我们来到了沙漠的海洋。落日余晖，驼队慢慢停下，让我们有机会慢慢登上沙丘欣赏着绝美胜景。入夜，向导燃起了熊熊篝火，为我们唱起了欢快热烈的柏柏尔民歌，我们在夜色的掩映下、星星的闪烁中手拉着手跳起了舞蹈。

在知与行的有机结合中，我们结束了一个学期的留学生活。

五个月，好像很长又好像很短。学期即将结束时，院内老师就关切地询问我们回程的事宜，确保我们可以安全返家。坐上回国的飞机，望着窗外渐渐远去的摩洛哥，我的内心涌起一个想法，想要成为中摩关系间的小小桥梁，通过我的方式——分享照片、剪辑视频来展现我在摩洛哥的所见所闻，让更多的中国人了解这一美丽而又独特的国度，了解当地独具特色的美食、服饰、建筑，也将中国人民谦逊、开放的态度传达给摩洛哥人，为两国友谊架起小小的微不足道的桥梁。

我仍然会时不时地思念摩洛哥，思念那里的蓝天碧海、沙滩海鸥、美味塔吉。我会努力践行我的小小想法，在微博分享摩洛哥见闻，结合所学撰写本科毕业论文，为国内对摩洛哥语言方面的研究添上小小的砖块。

作者简介

徐海文，北京第二外国语学院中东学院阿拉伯语专业大四学生，于 2019 年 9 月赴摩洛哥穆罕默德五世大学进行交流学习，最喜欢的摩洛哥城市是马拉喀什，那是心头的一团火。

（指导教师：张丹丹）

伊朗游学有感

中东学院　周尔玄

人民日报在评论2020年中央经济工作会议时曾道，“今年是极不平凡的一年”。2020年于国家，面对国际的复杂局势，国内繁重的改革发展稳定任务尤其是严重冲击了经济社会的新冠肺炎疫情危机，在以习近平同志为核心的中国共产党的领导下，中国经济走出“V”型反转，成为全球唯一实现正增长的主要经济体，交出了一份人民满意、世界瞩目、可以载入史册的答卷。而2020年对于我个人，也可谓极不平凡的一年，这一年里我出于进修学业的目的，走出了国门，也算真正体验了一回异乡风情。

一、初识

抵达德黑兰的那天，天蒙蒙亮。虽说已是9月，却是秋意淡薄，空气中甚至还缠绕着几分燥热。风儿调皮地卷起伊朗高原细碎的沙尘，不似刀锋般刮人，轻柔地抚摸着我们的面庞。风声飒飒，我竖起耳朵用心去听，那风声就好似没有词曲的歌谣，穿越时光和历史而来，咿咿呀呀之中在我的心湖点出一圈又一圈的涟漪。循声而望，目光所及是被旭日一点点染红的地平线，城市如同一位美人端秀地坐于旭日辉光之中，难辨她的真容，越发引人神往。

太阳冲破地平线之时，我们已然进入了市区，街上都是老款小汽车和摩托车，汽油味也浓重了许多。城市仿佛被时间顽劣地定格在了21世纪初，充斥着一种名为野性的气息，没有大城市的规整与协调，建筑的布局依随山体，就好似野蛮生长的草木一般。远近视角下大相径庭的城市风貌非但没有破坏城市的整体气质，反倒为德黑兰平添一份静若处子、动若脱兔的灵动。

欣赏城市风貌之余，我们一行人也不忘老师的嘱咐，入乡随俗，为我们的入学手续忙碌奔波。对于身处异乡的一般人来说，最大的问题或许是语言。然而对于我们一行人来讲，最大的困难是换汇。所幸几经辗转后，我们最终还是换得了在伊朗生活必不可少的本土货币——面额巨大的里亚尔。

有钱之后自然要一饱口腹之欲。伊朗的饮食在我看来，可以算是东西方的奇妙融合，东方稻米为主的饮食习惯和西方肉食为主的饮食结构兼有。而实现这两者有机结合的就是当地一道极负盛名的菜品——烤肉饭。它的主要成分一般包括烤肉条，米饭、烤番茄、酸柠檬，以及黄油、盐、胡椒等调料。肉条多采用羊肉和鸡肉（牛肉很少出现），将鸡肉或羊肉打成肉糜，将其串于铁签上，用炭火烤制。烤完之后，肉条本身只保留了肉类最原始的那种咸香，其余口味则需要食客自己去调配。吃一次烤肉饭，在外国人看来其实相当麻烦，不过换个说法的话，还可以用另一个词来形容：仪式感——将黄油拌入饭中，充分搅匀。再根据自身口味给肉条均匀撒上盐、胡椒等调料，最后淋上自己亲手挤的柠檬汁，你才可以开始正式地享用这份烤肉饭。烤肉饭本身的味道其实很普通，甚至可以说有些单调，但是伊朗人始终未抛弃这种饮食传统，也许他们能从这种日复一日的仪式中收获一份内心片刻的沉静，又或许这种寡淡才是伊朗人心境的真实写照。这一切虽然都是我的浪漫臆想，但是食物本来不就是人类为了应对生活琐碎所创造的一种浪漫吗？

异乡独处，乡愁最是难免。也只有真正出国了才能意识到自己生长了二十余载的那片土地对自己到底意味着什么，是过去，是现在，更是未来。

二、分别

来也匆匆，去也匆匆。这句话拿来作为我的留学之旅的注脚或许再合适不过了。新冠肺炎疫情出现以来，世界各地都发生了严重的公共卫生危机，伊朗也不例外。2020 年 2 月 19 日，伊朗库姆出现两例因感染新冠病毒的本土死亡病例，此后伊朗确诊人数逐渐增多。

然而，伊朗民众自身在处理疫情时体现了一种颇为散漫随意的心态。对病毒和疫情严重低估，以至于即使确诊病例持续新增，德黑兰的大街上愿意戴口罩、做好个人防护的人也寥寥无几，这让我颇有感慨。相较之下，中国在处理新冠肺炎疫情时的措施堪称典范，疫情发生后，政府无论在社会动员还是贯彻执行上都展现了强大的国家治理能力。中国生命至上、人民至上的观念贯穿始终。

随着伊朗疫情日益严重，我们向学校递交了回国申请，结束了我们的留学生活。回国后不久，伊朗疫情急剧恶化。我们不免感叹，中国才是如今最具安全感的国家。

作者简介

周尔玄，北京第二外国语学院波斯语专业大四在读，大三阶段赴伊朗德黑兰大学德胡达语言中心留学进修波斯语。受留学经历启发，毕业论文以伊朗涉华舆情研究为选题，目前已入选北京市实培计划且已经进入论文撰写阶段。

（指导教师：张丹丹）

漂洋过海，终须归来

英语学院　肖玥

1919 年至 1920 年，数千名中国青年赴法国勤工俭学。

1919 年 3 月 17 日上午，一艘日轮“因幡丸”从上海杨树浦码头启程赴法，船上有 89 名乘客以留法勤工俭学学生名义登船，开启了对他们来说陌生而又向往的国度——法兰西的航程。他们被称为赴法勤工俭学运动的第一批学生。

他们的出发相当轰动，3 月 15 日下午由寰球中国学生会组织，在上海静安寺路 51 号留法勤工俭学出洋学生办事处召开了一个盛大欢送会，出席者有在上海的中国教育界有关人士乃至法国驻沪总领事。运动的倡导者最初的目的是鼓励指导更多的学生、青年以低廉的费用赴法国留学，培养造就新型人才，归国后以“实业救国”“教育救国”“科学救国”，达到普及教育、改良社会、振兴实业的目的。

一百年后的今天，没有当时的轰轰烈烈、艰苦朴素，当我双脚踏上法国土地的那一刻，脑海中思念的是祖国的温暖，当我在法国一切安好时，心中所想仍是归国报效祖国。

回国已经快一年了，在法国的点点滴滴依然在脑海中无法忘记。忘不了初到法国的不适应和全法语教学的崩溃，也忘不了自己在公交车上手握单词本努力的身影，更忘不了念家的痛苦和归家的喜悦。

这两年比想象中过得快。

来到夏斗湖之前就听学姐说那里是一个“世外桃源”。由于是一个小市，夏斗湖的交通不是很便利，从大学城到市中心的公交车大概一小时一趟，而就是这样的环境使我与外界的纷繁诱惑隔开，让我能有机会真正地潜心学习。从

第一堂法语课开始，便是全法语授课，作为一个法语零基础的学生，我有些不知所措。正是因为这一份惶恐，在留法第一年，我认真学习的劲儿是从未出现过的，我能在自习室独自一人待整整一天，能在公交车上拿出单词本背单词，为了能尽快适应法国的教学和生活，我逼迫自己主动和法国同学交流。快速提高的法语水平让我坚信，回报永远属于努力的人。

第一年，可以说是适应，那么第二年，就是入轨。

最近，我经常回想起留法第二年刚刚进入 LEA 班，云里雾里地听着老师讲课，被法国同学的笔记折磨得头昏眼花的时光，感觉就是几个月前的事，甚至觉得还没过 2020 年的新年。

在留法第二年里我收获了很多，成了夏斗湖学联主席，接触到大使馆的老师，学会了与法国同学相处。一年看似漫长，但时光却总是悄悄地、在我们没留意的时候从指缝中溜走。

在 2020 年那段病毒肆虐的时期，虽不能出门，但我仍在十步就能走完的宿舍里努力地过好每一天，因为我总感觉，明天就要离开了；我仍然每天都努力学习，因为我明白，归国意味着新的旅程的开始，这需要我为之做好充分的准备。

在来法之前我对法国充满了好奇与向往，但来法之后我才明白，中国，是一个日渐强大的国家。

国内高速发展的互联网使得百姓的生活日益便利，从微信支付到外卖送餐，互联网让百姓的生活方式得到了彻底的改变。如今，大家出门只需一部手机，足不出户便能吃尽天下美食。而在法国及很多其他的欧洲国家，则少有这种便利。从这一点上，我看到了祖国在互联网时代的国际优势和美好的发展前景。作为留学生，我为祖国的繁荣倍感骄傲。

有人说中国人忙碌，闲不下来，做事雷厉风行，不懂享受生活，但，这也未尝不是一件好事。来到法国才真正体会到了什么是法国人的速度。我惊讶于办理行李箱损坏事宜竟需要寄信给相关公司，更惊讶于一份医疗保险从开始申请到保险卡寄到竟需花费多则两年的时间。都说法国人浪漫，有耐心，也许这就是其中的一层体现。而中国，看似急急忙忙，但在忙碌过后，收获的是高效率处理事情的能力。同样的行李箱损坏问题也许几通电话就能搞定，医疗保险卡也许一个月就能办理成功。

2019 年 3 月 25 日，这个日子我永远都不会忘记——习近平总书记访法。夏斗湖学院全体师生 3 月 25 日当天乘坐大巴前往巴黎迎接习近平总书记。在巴黎的街头，悬挂的不只是法国的国旗，还有中国的五星红旗。在大小皇宫的马路上，法国皇家骑兵队列队欢迎习近平总书记。法国总统以最高的礼遇款待了习近平总书记。看到这一切的我，内心似乎突然燃起了一团无法熄灭的火。我们的祖国强大了。现在我能昂首挺胸地说出“我是中国人”这五个大字。

身处海外，对祖国深深的爱与想念使我铭记，我们是中国的留学生，我们代表的不仅是我们自己，不仅是北京第二外国语学院，不仅是北京市，我们代表的更是中华人民共和国。这样的信念使我时刻注意自己的言行举止，努力为国争光。

在夏斗湖的这一年，我成长了，进步了。同时，站在一个中国留学生的角度，我看到了中西文化的差异，也更加感受到了祖国的强大，感受到了强烈的归属感与自豪感。

当然，作为一个积极向上的新时代中国青年，对于我的不足与缺陷，无论是生活上还是学习上，我都反思着，也思考着解决方法，希望未来我能成为一个比现在更好的自己，成为一个对国家有用的人才，成为无愧于心的中国新青年。

作者简介

肖玥，北京第二外国语学院英语学院 2017 级 176 班学生，2018—2020 年赴法留学两年，期间担任法国夏斗湖学生学者联合会主席，策划并组织节日庆典活动，与驻法大使馆老师联系，解决当地留学生学习和生活上的困难。

（指导教师：郝钰）

我的求学，我的家国

欧洲学院　官宇欣

2020年的春节，本该是阖家欢乐，家人共聚一堂谈笑风生。谁知那时，却来了一群不速之“客”——新型冠状病毒。它们肆意地传播，扰乱了我们原本正常的生活，甚至带走了一些人的健康与生命，人心惶惶，席卷全球。

武汉，快速实施了封城，严格管控经由武汉进出的人员，遏制了新冠肺炎疫情，有效切断了病毒传播途径。上至北上广等大城市，下至乡镇农村，政府人员一律严格执行各项防控措施，做好各项防控记录，有效防止了疫情的传播。医护人员、民警、小区保安、快递员等一线人员奔赴前线，抗击疫情，奉献力量，成为一道亮丽的风景线。除此之外，我国民众尽自己所能，共同抗击疫情，有的捐赠物资，有的成为志愿者，大家都戴上了口罩，居家工作学习，配合政府的各项措施。大概两个月的时间，全国新冠病毒感染人员每日新增病例从四位数降到了两位数，我国疫情得到了有效控制。要知道我国人口数量之巨大，且刚开始人们对新冠病毒缺乏认知，医疗物资匮乏，能控制到这种程度实属不易。不得不说，正是我国政府一系列强而有力的措施，一线防控人员的付出，民众们的团结一心才能快速而又有效地控制这次的疫情。

2020年4月，我看到中国疫情逐渐转好，德国虽然也是在疫情沦陷的欧洲地区，但相对比其他欧洲邻国，情况也是好许多。因此我便按照之前的计划，由德语专业转为商科专业，申请了在德国的硕士学位。之后我便参加APS的团审，提交材料，办理签证。但没想到10月的时候，也就是我准备出国的前几天，德国开始了第二波的疫情。家里人便开始担心，可当时，我已准备好了出国的一切手续，再加上我之后要学习的城市疫情还不算严重，人口也较为稀疏，所以我还是毅然决然来了德国，开始了我的硕士学习。

从国内到德国的旅途过程中，我明显感受到了中国与欧洲国家对待这次疫情的区别。在国内机场的国际大厅，处处可以看到穿着防护服的工作人员，我们也需要扫码在手机上填好各项记录并提交。从国内飞往欧洲的飞机上大多都是中国人，且大部分都是准备出国留学的学生。由于中国疫情控制得确实不错，我们在这段旅程中比较放心，只戴了口罩。但下了飞机后，许多学生便“全副武装”，穿上防护服，戴上医用手套，防目镜又或者是防飞沫的面罩。反观，国外的防疫措施并未像国内的措施一样全面。机场工作人员只戴了普通口罩，许多旅客虽戴了口罩但却将鼻子暴露在外。在火车上，还可以看到有一些人连口罩都没戴，虽说车厢人并不多，但人来人往还是较为危险。且当时，德国疫情已经变得较为严重了。这段过程，使得我对中德两国对待疫情的态度和举措有了初步的了解。德国政府的防疫措施并不是很严格，民众对此次疫情的态度并非像我国民众如此重视。之后在德国的生活，对比中德两国政府抗疫措施与民众对待疫情的态度，更是让我不得不佩服中国的做法，更加肯定中国在抗疫举措上的成绩，也让我更加坚定了在德国学有所成后归国报效的决心。

自从来到德国后，我们便一直居家学习。由于我们学校实行的是一年三学期制，所以课程安排得挺满，生活还算充实。刚开始德国还未封城，所以我们为了添置一些日常生活用品会常常去超市、商场买东西，餐饮店也正常开放。路上行人基本不戴口罩，到了商场便要求强制戴口罩，日常生活没有被怎么限制。11 月，德国每日新增新冠病例基本保持在 1 万以上，有时甚至达到 2 万多。疫情真的是特别严重，因此德国联邦政府宣布从 11 月 2 日起德国便开始封城，从一开始计划封城到 11 月底，延长到了 12 月，又延长到了 1 个月，直到 2021 年 3 月初才渐渐放宽了防疫措施，部分商店已于 3 月初渐渐开放。但没过几天，疫情数据又开始反弹，最后封城继续延长到 4 月中旬。而有些民众却不积极配合政府。在德国时常可以看到游行示威，封城期间偶尔也会有群众在街道上游行，反对政府，反对封城。就在 3 月 20 日，德国黑森州卡塞尔市市中心发生了超过2万人的反对疫情封锁措施的大游行。有示威者与警察发生冲突，许多人没有遵守防疫规定保持安全距离，也没有佩戴口罩。

由于德国实行的是联邦体制，联邦政府不容易在全国范围内采取措施，例如卫生部部长施潘只能建议各地方州的卫生部门采取措施。反观中国，在中国共产党的领导下，政府在疫情初始就果断而快速地采取了一系列措施，迅速而有效地控制了疫情。现在人们在中国基本可以恢复正常的生活、工作和学习，甚至还可以旅游，经济也渐渐恢复。

在疫情期间，对比中德两国的生活和疫情控制情况，我深深感受到了中国的伟大，中国民众的团结一心，更是让我对此感到骄傲。只愿自己在德国能够学有所成，早日回到中国，回到祖国的怀抱，为祖国献上自己的一分力量。

作者简介

官宇欣，籍贯福建，出生于1999年8月。2017年至2021年就读于北京第二外国语学院，本科德语系。参加中德GCBS 3+2项目，自2020年10月就读于德国中型企业应用技术大学（FHM）什未林校区，攻读国际管理专业硕士学位。

（指导教师：连东方）

我的家国情怀：在路上，在心里

欧洲学院　殷文静

2020 年 10 月，我离开故土，独自一人踏上出国求学之路。刚开始时有远离家乡的不安，对陌生环境的不适应，再加上德国的疫情越来越严重，在生活和学习上都十分艰难。

但是既然在这个关头冒着风险来到德国求学，就要让自己的这两年过得有价值。一开始上课的时候，十分不习惯，因为这边的课时安排和国内完全不一样。一上午一直上同一节课，从上午 9:45 一直到下午 1 点，下午有课的话，从下午 2 点又要接着上到下午 5 点。这种半天一节课的模式，再加上全外语教学，感觉白天的精神一直紧绷着，每天到晚上就十分疲惫。这样的情况在一星期之后随着适应渐渐好转，也渐渐地享受课堂上与教授的交流，每次都会有非常大的收获，这让我十分欣喜。

到了第二学期，有的课开始英语授课，我又开始彷徨不安了，因为自己的英语水平不好，几乎没有怎么开过口。但是每周繁多的英语报告让我不得不开口。刚开始十分紧张，我必须一字不差地写好稿子，轮到我报告的时候，我能照着念，哪怕是这样，也会因为太过紧张读不顺溜。真正让我开始有所进步的，是在一位中东老师的课上，他也是用英语授课。他上课十分重视学生在课堂上的参与，所以他会经常和我们一起讨论问题。因为在学期开始时，我竞选了班级代表的职务，在各科上为大家代表发言。所以每次一到这位老师的课，我就紧张不安，因为我不想开口，但却又不得不开口。每当他提出问题，班里没人回答时，我就觉得担子落到了我身上，我是班级代表，要给大家起到带头作用。所以不管答案对不对，我会尝试着去说一些自己的想法。当然刚开始的时候磕磕绊绊，经常想不到要用什么词去表达我的意思。但有一次，我又作为小组代表在课上做报告，做完报告，老师就我们组的报告对我提出了几个问题，我照着我们讨论的结果，再结合自己的理解，做出了解释。结束后，我觉得很惊讶，没想到我已经可以用英语和老师讨论这么久，而且在说英语的时候最开始的那种紧张感也少了许多。后来我发现，首先每周做的大量报告，课上吸收的大量知识，丰富了我的词汇量和表达方法。再者，每次课上，我逼着自己开口去说，锻炼了我的勇气，让我觉得说英语也是一件很自然的事情。

经过这件事，我体会到，其实生活和学习上的每一次努力都会收到回应，所以在收到回应之前，千万不要放弃，一定要竭尽自己所能。当然，重要的是，你首先得跳出自己的舒适圈，逼自己应对不擅长的事情。如果我一直羞于开口，只是满足于只能读稿子的自己，我想我永远也无法摆脱那个说英语磕磕绊绊的自己。

给我艰难的生活带来宽慰的除了我的家人、朋友之外，还有学校。记得疫情十分严重时，院系辅导员给我们四个在德国的学生单独拉了个小群，每天都会在群里询问我们的身体状况。今年 1 月的时候，收到学校寄来的两箱包裹，打开一看里面满满的全是口罩，还有防护服和连花清瘟颗粒。口罩的数量多到令人惊呼，足足六百个，虽然我们其实不是很缺口罩，从家带了不少，平时也很少出门。但在那时，那颗远离故国的心真真切切地被温暖到。还有春节前夕，我想那时候学校应该早就放假了，但是辅导员联系了德语系主任还有另外一名老师，发起了一次慰问活动。见到了久违的老师，听着他们关切的话语，还有在最后齐声给我们送上的新春祝福，可爱又温馨，觉得艰难的生活好像也不再艰难。在我求学的路上，我有着坚实的后盾，亲朋、学校，还有我伟大的祖国。

在德国还有一点让我印象十分深刻，那就是这里的民众对于疫情封锁的态度。面对疫情的浪潮，德国政府一直推行封锁政策，默克尔总理也一直发出呼吁，让公众戴好口罩，保持距离，减少出行。但各州民众配合程度不高，面对封锁期学校、商店的无法开放，旅游计划的长期耽搁，与亲朋好友的见面机会减少，很多德国民众发起了抗议。新冠肺炎疫情发生后中国只用了短短数月，就把疫情的势头摁了下来，将死亡人数控制在最少，我觉得这离不开政府的果断和效率，还有中国民众的责任意识。面临大规模封城所带来的经济和生活上的挑战，国家和政府没有犹豫，以人民生命安全为一线任务，严格落实封锁和对人员流动的实时追踪。这确实给民众的生活带来了诸多不便，但是为了身边人的安全，为了祖国的尽早“康复”，大家都在积极地克服困难，遵守政府的要求，各个城市、各个乡村之间互帮互助，互相打气。我相信全国上下的团结一致和战胜疫情的绝对信心才是我们打赢这场仗的最大武器。越是在艰难关头，越是能考验国家和政府的能力，能考验一国政策的优越性，而在这场战役中，我可以骄傲地说，我们有着强大的国家，有着优越的政策。

我深信中国是一个能够飞速发展的国家，因为我们有无数的前辈贡献自己的鲜血、汗水和知识。我也想为祖国的发展贡献自己的一分力量，所以我会继续好好努力，克服困难，坚定初心，争取早日报效祖国。

作者简介

殷文静，出生于1998年，安徽合肥人，本科于第二外国语学院就读德语专业，于2020年参加中德GCBS 3+2项目，目前就读于德国中型企业应用技术大学（FHM）什未林校区。

（指导教师：连东方）